반대편에서 만나

반대편에서 만나

송정원 시집

창비

차
례

그해 여름 얼음

그해 여름에는 매일 둥근 얼음 틀에 물을 얼렸다
얼음 공을 손바닥에 올려놓으면 어느 틈에 고양이가 나타
나 할짝거렸다
십오초 이상 들고 있기는 힘들었다

그해 여름에는 말하려는 것이 말해지지 않았다
혀를 움직일 때마다 무언가가 훼손되고 있다는 느낌을 지
울 수 없었다

그해 여름에는 나를 죽였거나 내가 죽였던 사람들이 매일
찾아왔다
그들은 한꺼번에 와서 내 잠의 마지막 한방울까지 흡수해
갔다

그해 여름에는 비가 너무 많이 왔고 수건에서 자주 냄새
가 났으며 얼굴이 습기로 무거웠다

그해 여름에는 빛에 닳은 의자에 의지했다
허연 플라스틱 의자에 앉아 얼음을 흉내 내는 일이 좋았다

빛은 채도를 데려가 어디에 내려놓았을까 그래서 그곳은
더 선명해졌을까
얼음은 녹는 줄도 모르고 얼음처럼 굴었다

그해 여름에는 비명이 자주 들렸다
어떤 비명은 너무 아파서 입안에서 얼음 부서지는 소리로
덮기도 했다

그해 여름에는 잃기 쉽고 생기기 쉽고 꺼지기 쉽고 솟기
쉬웠다
얼음을 물고 매일 사랑을 다짐해야 했다

꽁꽁 언 얼음은 하얘서 속을 알 수 없었다
쩍, 선언 같은 금이 생기고 흰이 걷히면 얼음은 투명해
졌다
투명해진 얼음은 빠르게 얼음에서 멀어졌다

(그해 여름)

얼음은 얼음에서
나는 나에게서
자주 멀어졌다

그 말 만지기

그 말을 만지면서 기도하면 이루어진대

처음에는 희망이었지만
지금은 신앙이 된 소문

그 말 앞에는 언제나 사람들이 모여든다

축축한 손바닥들
달싹거리는 입술들
반짝이는 눈동자들

그 말은 닳고 닳아 반질반질해졌다

예리한 각과 세밀한 무늬가 뭉개져
그저 두루뭉술한 덩어리처럼 보이는 그 말은
형체를 정확히 알 수 없어 오히려 신성하게 여겨졌고
목적 그 자체가 되었다

다음,

다음,
다음,
드디어 그 말을 만질 차례
반질반질한 덩어리에 손을 얹는다

무엇을 원하는지 모르는 채로도
간절할 수 있다는 걸 알게 된다

간절함이 커질수록
모멸감은 진해지고

길게 줄 선 눈동자들이
오른쪽 뺨에 꽂힐 때
비로소 나는 그 말에서 손을 뗀다

밖에 나와 가장 먼저 본 것은
붉은 토사물을 쪼아 먹는 비둘기

그다음 본 것은

창에 비친 나

손바닥에 남은 그 말의 감촉을 잃을까봐
꼭 쥔 주먹을 주머니에 넣은 사람

테두리에 사는 사람

그는 테두리에 사는 사람

아직 바깥은 아닌
이미 안은 아닌 곳

안과 밖 중 과에 살아요
그의 농담에 웃는 것은 언제나 그뿐이다

다리를 접고 등을 말고
빛으로 짠 관에 누워 죽음을 흉내 내는 일
그러다가 잠드는 일

축축한 변기 뚜껑이 등에 닿을 만큼 깊숙이 앉아도
두 무릎이 화장실 문에 닿는 꿈을 자주 꾸었다

좋은 게 좋은 거라고 말하면
좋아야 좋은 거라고 대꾸하는 그에게는
얼굴이 부족했다

개 얼굴 안 쓰고 소리로만 웃는 거, 소름 돋지 않니?
어떤 이가 다른 이 욕하는 말을 들은 뒤로
그는 웃지 않기로 했다

완전한 바깥이 되지 않기 위해
안의 끄트머리를 꼭 쥐고 걸었다

그가 있는 곳을
안에서는 바깥의 시작이라 불렀다
밖에서는 안의 끝이라 불렀다

테두리로 밀려난 사람이 있다
테두리에서 버티는 사람이 있다

같은 하늘을 머리 위에 두었다는 것이
유일한 안심인 사람이 있다

작용 반작용의 법칙

너는 마시던 커피를 조금씩 남기는 습관이 있다
먼지가 가라앉았다고

한쪽 날개로 나는 새를 본 적 있니?
내 얼굴 하나가 방금 죽었다는 문자를 받았다

풍경을 바꾸는 가장 쉬운 방법은
눈을 젖게 하는 것이다

너는 노래를 만들면서 부른다
첫 음만 떼면 다음부터는 노래가 너를 데려간다고

해 질 녘 한강에서 불렀던 그 노래 있잖아
한번 불렀던 노래는 다시 부를 수 없다고 했다

어제는 계단 꼭대기에서 뒤로 떨어지는 꿈을 꾸었다
정수리 아래쪽이 욱신거려 머리를 고쳐 묶는다

영수증으로 작은 병풍을 접느라

너의 손은 바쁘다

영수증에 발암물질 있는 거 알아?
괜찮아 암 가족력도 없는데

내 이마와 비슷한 높이에서
오른쪽 날개를 열심히 움직이는 새를 본다

이거 봐 한쪽 날개로 날고 있잖아
나는 날고 있는 것이 아니라
추락하고 있지 않는 거라고 말했다

꽃받침의 불안

민들레 홀씨인 줄 알았던 것이
실은 버드나무 씨앗이었다는 사실을 알게 된 건
당신 덕분이었다

당신은 꽃 이름을 이름으로 가졌다

무슨 꽃 좋아해요?
꽃받침 좋아해요

늘 예상 밖의 대답을 하는 당신

활짝 핀 꽃보다
벌어지려는 꽃잎을 꽉 껴안고 있는
꽃받침의 불안에 마음이 간다고 했다

버드나무 씨앗이 눈처럼 날리면
나는 4월에도 손끝 발끝이 언다

당신이 봄의 얼굴을 하고 겨울처럼 흩날린다

내 머리에 하얗게 앉는다

손가락 발가락을 꼼지락거리자
오래된 시간의 뒷문이 열린다

시간의 뒤뜰에는
당신을 사랑하지 않은 내가 있다
나를 상상하지 못하는 당신이 있다

마주 보며 보지 못하는
당신   나

당신을 피지 못하게 한 건 나였을까

그래서 꽃으로 피는 대신
아주 작고 하얀 얼음 새가 되기로 한 걸까

난다
꽤 높은 곳까지

간다
바람이 가자는 대로
내린다
하얗게

차갑게

조용히

느린 속도로 떨어지＊면
착지와 추락을 ＊구별하기 힘들다

＊

＊

＊

＊

＊

＊

꽃받침이 팔을 풀고 꽃잎＊을 뇌주는 꿈을 꿨어
그런 꿈을 꿨다고 그＊냥 믿는 건지도 모르겠어

수영장

나는 구멍이 많아서
물에 쉽게 뜬다

하늘색으로 칠한 수영장에서
하늘을 보고 눕는다

구름을 흉내 낸다

구름,
입술이 닫히는 이름이다

한 방향으로 천천히 흐르다가
1인용 비를 만든다

쪼글쪼글한 손가락 사이로
비가 흐른다

제 흉내를 내려다보던 구름이 하늘을 흔든다
장난으로 툭툭 치다가 감정이 증폭해 서로를 죽이려 드는

형제들처럼
　툭툭 내리던 비는 이해할 수 없을 만큼 거세진다
　수면을 찢어버리겠다는 듯이

　나는 물속으로 도망간다
　물속에서는 비에 젖지 않아

　지느러미를 부채처럼 펼친 레몬색 열대어가
　정강이에서 미끄러진다
　기억이 닿을 듯 미끄러진다

　물속에서는 빨리 걸을 수 없어
　그러니 넘어질 일도 없다
　물속 걸음을 물 밖으로 가져갈 수 있다면
　기억이 기어이 몸을 펼친다

　베타라는 열대어는 거울을 보여주면 거기 비친 게 적인
줄 알고 지느러미를 펼쳐서 자신을 위협한대

이야기를 들려주었던 당신은
물속 걸음을 가졌었다

빛의 중재로 상황은 갑자기 종료된다
실컷 쏟아낸 하늘은 말쑥한 얼굴을 하고 있다

가족 단위의 인파가 모여들기 시작한다
수영장이 다른 색의 소리로 채워진다

신기하네, 조금 전까지 하늘이 뚫린 것처럼 내렸거든요

옆에서 스트레칭을 하던 남자는
내 말에 아무 대꾸도 하지 않는다

무명의 화분

너의 이름을 붙인 화분을 키웠었다
잎이 누레지면 나도 같이 누레졌다

집을 오래 비울 수 없었다

줄기며 잎에 진드기가 붙고 마룻바닥까지 끈끈해지자
울고 싶어졌다가
그냥 도망가고 싶었다

슬그머니 이름을 취소했다

무명의 죽은 화분을 어떻게 버려야 하는 건지 몰라 검색
해보기도 했다
화분 쓰레기종량제봉투
검색 화면을 누가 볼까봐 폰을 가슴에 바짝 붙이고
다시 살릴 방법들을 못 본 척하며

네가 무너질 때마다 무거웠어
허락 없이 네 이름을 가져다 썼기 때문일까

괜찮다고 말하면
괜찮은 것 같다

진실도 거짓도 아닌 말들
진실 아닌 말과 거짓 아닌 말은
하나의 태도에서 태어나지

너는 틔우기를 멈추기로 한 걸까
내가 못 본 척한 것을 너는 보았을 테고

다음은 전하지 못할 근황:

나는 요즘 바람 한점 없는 기억 속에서 살아
마른 하루를 보낸 밤에는 고개가 자꾸 아래로 꺾여
뿌리까지 망가뜨릴 생각들이 여기저기 들러붙어

누군가 나 모르게 내 이름을 붙인 화분을 키웠었는지도
모른다

무명의 내가 낯선 동네의 종량제봉투 속에서 부패하고 있
는지도

어린이날

어린이를 잃어버린 어른이
어린이를 가져보지 못한 어른에게
자두 맛 사탕을 건넨다

깨물면 안 돼
혀와 입천장 사이에서 살살 녹이는 거야

입안 가득 채워지는
한알의 슬픔

베이지 않게 조심하렴
하루에도 몇번씩 베이고 베는 우리지만
이미 피 맛에 길들여진 우리지만

따그락,
왼쪽 볼에서 오른쪽 볼로
따그락,
어제에서 오늘로
자두 맛 기억 넘어가는 소리

진짜 자두의 맛과 자두 맛의 거리는 아득히 멀고
우리는 대체로 자두 맛을 붙들며 살아왔지
너무 싱그러운 것들은 징그러워
흉내 내는 일에 몰두했지

작고 거칠고
사라질
한알의 기쁨

기쁨의 얼굴을 혀로 꼼꼼하게 더듬으며
목구멍으로 올라오려는 것들을 단침으로 밀어내며

깨뜨리지 말고
떨어뜨리지도 말고

사탕 다 녹을 때까지 나랑 놀아

미지, 사랑
손톱 먹은 들쥐 설화로부터

손톱 발톱이 왜 딱딱한지 아니? 몸의 끝이기 때문이래. 어
떤 시간이 심장부터 흐르다가 차마 몸 밖으로 떨어지지 못
하고 끝에서 굳었기 때문이래. 그러니까 지금 내가 자르는
건 굳은 시간이야. 봐봐, 난 이렇게 하얀 부분이 없도록 바짝
잘라내는 게 좋더라.

미지가 검지에 침을 묻혀 바닥을 꾹꾹 찍어 누른다
아무렇게나 흩어진 시간의 파편들을 휴지에 싸서 버린다

미지가 리모컨을 손에 쥐고 티브이를 켠 채로 잠들자 사
랑은 쓰레기통을 뒤져 휴지 뭉치를 꺼낸다
펼친 휴지를 손바닥에 조심스럽게 털고 손톱 조각들을 상
자에 옮겨 담는다
상자 안은 오래 모아온 미지의 시간들로 가득하다

사랑은 손톱 조각 하나를 물 없이 삼킨다
작은 초승달이 기도를 긁으며 내려간다

미지의 숨을 쉰다

미지의 꿈을 꾼다

오늘은 모처럼 비가 내리지 않았고 우리는 공원으로 소풍을 갔
다. 내 또래 아이들은 스카이콩콩을 타고 있었다. 나는 너를 기쁘게
해주고 싶어서 잔디밭에서 네잎클로버를 찾는 중이었다. 흙 속에서
다리 많은 벌레가 나오진 않을까 긴장하면서. 우리는 때때로 광고
에 나오는 가족처럼 마주 보며 웃었다. 정말 완벽한 가족 같았다. 네
가 샤프를 높이 쳐들고 사나운 눈으로 내게 달려오기 전까지는.

사랑은 축축하게 일어나 미지의 꿈을 기록한다
증발하여 자꾸 줄어드는 꿈 때문에 조급한 마음이 되어

미지가 꾸는 꿈에 왜 사랑은 한번도 등장하지 않을까
사랑은 미지의 비밀이 되지 못한 걸까

미지를 아는 일은 모르게 되는 일과 같아서
사랑은 매일 밤 미지의 손톱을 삼킨다

밤마다 미지가 된다
밤마다 사랑은 죽는다

빙점

우리는 서로를 위해 걸 것이 없어서
새끼손가락을 걸었다

흰 가오리연이 걸려 있는
가지뿐인 나무 아래에서

평생 하나의 음식만 먹어야 한다면
무인도에 딱 하나의 물건만 가져간다면
단 하나의 초능력을 선택할 수 있다면

일어난 적 없고 일어나지 않을 일에 대해서만
이야기하는 마음

함께 좋아하는 노래는
후렴만 따라 부를 수 있다

내가 편지를 버리면 네가 다시 주워 오고
네가 책을 내놓으면 내가 다시 들여놓는다
우리는 자신의 세계를 줄일 수 있을까

혀는 뼈를 가지지 못했지만
말에 뼈를 심을 수는 있었고

뼈를 가진 말에서 다리가 생긴다
둥근 무릎을 움직이며 말이 뛰어간다
우리의 미래를 향해

너의 손이 다가와 내 외투에 붙은 머리카락을 뗀다
굵기로 보아 그것은 나의 머리카락이 아니다

머리카락은 대사도 분열도 하지 않는 생명력 없는 세포라
잘 썩지 않는데
우리는 사라져도 얘는 살아 있겠네
아니, 애초에 살아 있는 세포가 아니래도?

네가 눈빛을 끄자
내 안에서 결심 하나가 켜졌다

인간의 미래 따위는 관심 없다는 투로
잎 대신 연을 매달고 있는 나무가
지금의 유일한 위로

송지호 해변

고2 때 반에 이 이름 가진 애 있었어
그러고 보니 가르쳤던 학생 중에도 있다

차 안에서 그가 말한다
꼭 사람 이름 같지만 호수 이름을 딴 해변에는 7월치고 사
람이 없다

동해는 확실히 다르잖아?
질문도 감탄도 아닌 애매한 말을 하며 그는 배낭을 뒤적
거린다

짭짤한 모래와 엉덩이가 서로를 밀어낸다
미지근한 바람이 얼굴에 달라붙는다

가위바위보 하자
내가 이기자 그가 하얗게 변한 초콜릿을 뚝 잘라 건넨다
상한 건 아니래 초콜릿 속 설탕이 녹아서 그런 거래
잘 녹지 않는 갈색 덩어리를 입천장에 붙이고 혀끝으로
누른다

하늘은 울기 직전의 얼굴을 하고 있다

장마라 그런가?
이건 장마가 아니야

그는 장마를 장마라고 부르는 걸 멈춰야 한다고 자주 말
한다

혹시 안경 닦는 거 있어? 온통 뿌옇게 보여

그가 혹시,를 붙여 물어보는 것들을
나는 왜 다 가지고 있을까 생각하다가

축하한다는 말 대신
저녁으로 뭘 먹고 싶냐고 묻는다

그는 대답 대신 남은 초콜릿을 통째로 입에 넣은 뒤
바지 밑단을 세번 접어 올린다

푹푹 빠지면서 걷는 그의 뒷모습

뭐든 숨기는 바다와
숨길 줄 모르는 하늘 사이에
그가 있다

모래 속에 손을 넣자 딱딱한 것이 잡힌다
조개껍데기인 줄 알았는데 페트병 뚜껑이다

속으로 몰래 무너진 바다와
곧 쏟아질 거라고 말하는 하늘

얼굴은 바다를 닮고
등은 하늘을 닮은 그에게
비 올 거 같아! 소리친다

그가 고개를 돌리고 웃는다

저녁으로 뭐 먹지?
오늘은 그의 생일이다

하얗고 둥근 고통

눈은 온갖 모서리를 지운다

악몽은 부드러워지고
비명은 둥그레진다

사진을 찍거나 발자국을 찍거나
사람들은 남기고 싶어한다 뭐든

와 예쁘다 너무 예쁘지 너무 예뻐
슬픔의 정수리 위로 내리는 들뜬 소리

너무 예쁘지
이래서는 안 될 만큼

하얗고 둥근 고통은 모서리가 없어 심장을 찌르지 못한다
같이 흘렸던 눈물은 끓는점까지 가지 못하고 식는다

무언가를 오래 바라보면 입이 생긴다
둥그스름한 실외기가 뾰족하게 묻는다

그래 이제 넌 뭘 할 거지?
그제 초가 물었고 어제 식탁이 물었던 것을 실외기가 똑
같이 묻는다

답할 말을 찾지 못해 눈만 굴리는 사이
눈 없는 오리가 눈 위에서 태어난다

어린 조물주가 와하하 크게 웃는다
와하하는 눈송이 사이에서 흩날리고
와하하를 맞은 사람들도 와하하 웃는다

모르는 이의 웃음을 경계 없이 따라 웃는 마음
그 마음을 잡아다가 미래에 풀어놓고 싶다

미래가 바뀐 오늘은
오늘의 너무 예쁜 풍경을 마음껏 예뻐할 수 있을지도 모
른다

바니타스*

모래가 내린다

녹빛으로 변한 두개골을 닦는다
힘을 써도 물이끼는 끈질기게 미끈거린다
얼마나 오래 잠겨 있었던 걸까

이런 건 힘으로는 안 되고 락스가 필요해
너는 락스로 지울 수 없는 것은 세상에 없다는 듯 군다
죽음의 냄새까지도
저 죽은 자리를 락스로 닦아달라는 농담에 나는 웃어주지
않는다

책 무덤에서 축축한 시멘트 냄새가 난다
너는 맨 위의 책을 들어 이리저리 넘긴다
내가 왜 이런 문장에 밑줄을 쳤지?
너는 언제나 과거의 너를 의아해한다
나는 네가 물 같다고 생각한다
너는 언제나 물이지만 곳에 따라 자세를 바꾼다
어제는 세모 오늘은 동그라미 내일은 별

모래시계가 뒤집힌다

너는 구부정한 자세로 화병의 위치를 잡는다
붉은 튤립이 불길하다
그것은 지나치게 활짝 피었다
절정은 쇠락의 전조
너의 굽은 어깨는 나를 알 수 없는 분노에 빠뜨린다

어깨 좀 펴

너는 항상
식탁 모서리에 앉는다
숟가락을 뒤집어놓는다
다리를 떤다
깎은 손톱을 부주의하게 흘린다
문지방을 수시로 밟는다
너는 필사적으로 불행의 핑계를 만드는 것 같다
까닭 있는 불행은 그래도 견딜 수 있어

언젠가 너는 말했다

고의적 불운을 수집하는 너는
부서질까 두려워 부수는 사람
너의 눈에는 락스로도 지울 수 없는 얼룩이 있다

모래시계가 뒤집힌다
시간이 억지로 늘어난다

모래시계 안쪽은 어떻게 닦아야 하지?
방법이 없지
방법이 왜 없어?

너는 모래시계를 노려본다
나는 너의 방법에 동의할 수 없다
시간을 계속 늘리고 싶다
지금을 부수고 싶지 않다

* 라틴어로 '공허' '덧없음'을 뜻하며, 7세기 네덜란드와 플랑드르
지역에서 유행한 정물화의 한 장르이기도 하다.

내게 맞는 옷

스몰 미디엄 라지 엑스라지
로 이루어진 이곳을 뱅뱅 돌고 있습니다

해는 들지 않지만
언제나 밝고 깨끗하고 향기로운 이곳에서는
네 사이즈 이외의 다른 사이즈를 물으면 안 됩니다

언젠가 예민한 눈을 한 점원에게
스몰과 미디엄 사이의 우주를 물었다가
유니폼을 입은 이들에게 주의를 받았지요

해가 들지 않아도
언제나 밝고 깨끗하고 향기로운 이곳에서 나는 이제
스몰 미디엄 라지 엑스라지
사이를 질문 없이 돕니다

사이즈를 내게 맞추는 것이 아니라
나를 사이즈에 맞춰야 하는 이곳에서는
나는 너 같고 너는 나 같습니다

점점 나와 너가 헷갈리기 시작합니다

스몰과 미디엄 사이에 펼쳐진 우주를 생각합니다
영원을 대어도 셀 수 없을 시공간의 이야기를 생각합니다
그곳에서 나는 분명해지고 뱅뱅 돌지 않습니다
너와 나는 하나의 글자로 묶이지 않습니다

유니폼들이 내 생각을 읽지만 내버려둡니다
질문하지만 않는다면 괜찮습니다
규칙 안에서 이곳은 참 자유로운 곳입니다

하지만 주의하세요
해가 들지 않아서
언제나 밝고 깨끗하고 향기로운 이곳을 돌다보면
시간 감각을 잃기 쉬우니까요

지금은 어제인가요, 내일인가요?

점장으로 보이는 이가 다가옵니다

세련된 걸음걸이입니다
고객님, 제가 봐드릴까요?

그가 나를 쓱 훑어보더니
스몰인 것 같다고 합니다

그렇다면 이제부터 나는 스몰입니다
스몰인 사람들은 모두 나입니다

불가능한 일

내 안에 사는 것들은 대부분
공기 중에 있다 숨을 통해 들어온 것이지만

그것만큼은 내 안에서 태어났다

조금씩,
조용히 자랐다

그것은 말수가 적었다
먹는 일에 흥미도 없었다
딱딱한 심장을 베고 웅크려 자는 것이 일과의 전부

눈에 띄게,
조용히 자랐다

그것은 팔과 다리를 가슴으로 끌어모아
몸을 최대한 작게 만들었지만
그것이 살기에 내 안은 비좁았다

걷잡을 수 없이,
조용히 자랐다

대설주의보가 내렸던 속초 바다 앞에서
그것에 대해 쓰기로 결심했을 때
그것은 나를 열고 뛰어내렸다

날아가고 싶어
사라지고 싶어

하려던 것이
비행이었을까
추락이었을까

모르는 채로,

그것이 떨어진 곳은
고작 내 발등이었다

날아가지도
사라지지도

그것은 내 발등에서 처음으로 눈을 맞았다
팔과 다리를 펼친 채로
닿자마자 사라지는 차가운 감각을 느끼며

슬픔은 소리 내어 울었다

4인용 1인 식탁

오래된 이야기
녹슨 열쇠
반복되는 의자

안녕하세요,라는
이상한 인사

비추길 멈춘 거울과
날카로운 식사
고집 센 질문

잘 지내라는
모호한 위로

마흔네번째 첫눈
소거된 목소리
바다는 바다 없이 존재할 수 없는 인간 때문에 망가지고

준에게서 온 엽서

읽는 여자의 꼿꼿함
엽서는 'PS 게르하르트 리히터 너무 좋아'로 끝난다

밤이 가로등에 거꾸로 매달려 운동한다
밤의 호주머니에서 검은 새들이 떨어진다

간유리에 뭉개진 겨울
첫눈의 빽빽한 들뜸 속에서
식탁 앞에 앉아

호 — 뱉고
흡! 마시며

쓴다 기억을
기억한다 쓰는 마음을

축제

망가진 의자가 테이블 위에 거꾸로 앉아 있다

의자 밑을 본 것은 처음이고
허락 없이 남의 생을 엿본 기분

멋대로 지어내는 버릇을 버리지 못해서
늘 누군가를 앉혔던 의자는 버려진 날 처음으로 앉게 된다
라는 문장을 기록한다

함께 버려진 행운목 잎은
지친 강아지 혓바닥처럼 늘어져 있다
흙은 바짝 말라 있다
오늘 버려진 것이 아니라
버리기 전부터 버려진 것처럼

한때 가족의 행운이었던 화분 옆에서
검은 비닐봉지와 노란 사탕 껍질이 나선의 춤을 추고

비둘기들은 빈 아스팔트를 쪼며

다른 곳이었다면 환영받지 못했을 노래를 부른다

폐가구 스티커가 붙은 거울 속에는
흔들리는 무릎 두개가 있다

버려진 것들의 작은 축제

이 장면을 오래 기억할 것 같다

기수 지역

바람이 차다

창문을 열다 멈추고 그가 선고하자
계절은 경계로 이동했다

더는 여름이 아닌
아직 가을은 아닌

그는 기수 지역에 산다

더는 강이 아닌
아직 바다는 아닌

경계에 사는 것은 끊임없이 흔들리는 일

흔들림에 대해서라면
언젠가 끝난다고 믿는 것보다
영원히 벗어날 수 없다는 사실이
차라리 덜 절망적이다

처서네

그는 무언가에 깊게 잠겨 망가져본 사람만이 지을 수 있
는 미소를 가졌다
슬픔을 우는 모습으로만 그리는 사람은 결코 지을 수 없는

쨍그랑, 갇힌 물에 반짝이는 동전을 던지는 마음
처음 와본 바닷가 모래사장에 정성껏 쓰는 마음

그런 마음은 바닥에 떨어지면 동강 나지 않고 산산이 부
서진다

여름도 가을도 아닌 날에
강도 바다도 아닌 곳에서
이들도 저들도 아닌 그와 내가
한 식탁에 앉아 아침을 먹는다

대상이 없어야 완전한 사랑이라는 그의 말을

완전히 이해하지 못한 채로
삶은 감자에 포크를 쿡 찔러 넣는다

제 2 부

아사비케이시인

카비카 호스텔

철도 건널목 차단기 앞에서 기차가 지나가길 기다린다
하늘에서 파란색이 완전히 빠질 때까지 기다렸는데도 기
차의 마지막 칸은 도착하지 않는다
눈발이 거세진다
건너갈 수 없어, 경적이 선고처럼 울린다

폭설이 내리는 것과
천장 조명이 꺼져버린 것에는
연관이 있을지도 모른다

눈이 뿜는 흰 빛이 방 안으로 스며들어
구석에 고인다

습기를 머금은 침구에서는
산화된 기름 냄새가 난다

불 꺼진 곳에서 눈 뜨는 일과
불 켜진 곳에서 눈 감는 일 중
어느 쪽이 더 캄캄할까

6인실 방 다섯개의 빈 침대
눈에 발이 묶여 오지 못한 다섯 여행자를 상상한다
아니, 애초에 여행자는 없었는지도 모른다
폭설주의보와 버스 운행 중단이 예고된 지역을 여행하기
란 쉽지 않을 테니까

익숙함은 보이지 않게 한다
예외가 있다면 어둠이다
어둠 속에서는 익숙해져야 볼 수 있다

맨 앞 칸도 마지막 칸도 보지 못했다
내가 이곳에 도착했을 때 기차는 이미 통과 중이었고 지
금도 계속 통과하고 있다
시작도 끝도 전체도 볼 수 없는 나는 오직 기차의 일부만
을 본다
아주 긴 통과
현재에 도착하자마자 과거로 달아나는 미래
운동하는 것의 불가해성

눈은 멈출 생각이 없어 보인다

악몽의 침입은 보통 잠들기 전에 안다
악몽은 과장된 목소리와 동작으로 낮을 따라 한다

쏟아지지 않고 온전히 나였던 날에는
깨끗하고 깊은 잠에 들 수 있다
그런 날이 거의 없다는 것은 별도의 이야기

오늘은 악몽이 찾아올 테다
등에 무게를 실어 잠의 입구를 막아도 역부족일 테다

잠들지 않기 위해 침대에서 일어난다
암막 커튼은 묶어둔다

창밖을 바라보며 학창 시절 선생님이 알려주었던
잠 쫓는 체조를 한다

무거운 어둠이 짓눌러도

눈의 기세는 꺾일 줄 모르고

마스킹테이프로 붙인 포스터 속에는
눈 때문에 흰색 도트무늬로 보이는 검은 기차가 달리고
있다

희미하게 철문 여는 소리가 들린다
이어 캐리어 끄는 소리가 들린다
눈길을 헤매다 늦어진 여행자가 이 방으로 오고 있는 건
지 모른다
그저 잘못 들은 것인지도 모른다

집들이

J의 집 주방에서 테이블 세팅을 돕는 중이었다

곧 손님들이 몰려올 시간이었다

벨 소리가 들렸고 손에 밀가루 반죽이 잔뜩 묻은 J 대신 내가 현관문을 열었다

문을 여니 바다가 있었다

바다는 파란색이 아니라 검은색에 가까웠고

수면의 높이와 문턱의 높이가 거의 비슷해서

바닷물이 현관에 들어왔다 나갔다 했다

잘못 들은 건가?

벨 소리가 분명했는데 바다에는 아무도 없었고

열린 문 너머에 서 있는 것은 멀리 보이는 하얀 섬

나는 그것이 비석 같다고 생각했다

문 그냥 열어둬

물이 들어올 텐데

괜찮다고 말하는 J의 검은 양말은 이미 젖어 있었다

J는 호박전 하나를 내 입에 넣어주며 간이 어떤지 물어보았다

싱겁긴 하지만 초간장을 찍어 먹을 거니 괜찮다고 말했다

잘라낸 호박 꼭지 두개가 내 무릎 앞을 둥둥 떠다녔다

J가 준비한 음식들을 전부 식탁으로 옮겼을 때

손님들이 한꺼번에 들어왔다

우리는 요란한 인사와 포옹과 감탄의 시간을 보낸 뒤 식탁 앞에 앉았다

누구도 허리까지 잠긴 물에 불평이나 의문을 제기하지 않은 채 앞에 있는 잔을 채웠다

성대한 집들이는 이제부터 시작될 터였다

어깨 옆으로 선물 상자들이 떠다녔다

한명이 요즘 유행한다는 건배사를 했고 우리는 어쩐지 민망해서 크게 웃었다

현실재연극

화강석 계단을 내려가는 중이다. 꽤 높고 가파르다. 단의 폭은 발이 작은 편인 내게도 좁다. 최대한 안쪽으로 바짝 들여 디뎌도 발가락 한 마디가 허공에 뜬다. 당연히 손잡이가 있어야 할 이 계단에는 아무것도 잡을 것이 없다. 넘어지지 않으려고 모든 신경을 내려가는 행위에 집중한다. 리본을 두번이나 견고하게 묶었는데도 왼쪽 운동화 끈의 매듭이 헐겁다. 곧 풀릴 거라는 불길한 생각이 든다. 조심스럽게 계단에 앉아 운동화 끈을 다시 묶는다. 계단에서 붕 떠올라 얼굴로 떨어지는 가능성이 내게 침입한다. 빨갛게 뭉개진 근미래의 얼굴 때문에 엉치뼈 부근이 저릿하다. 집중. 다시 내려가는 행위에 집중한다. 패턴. 움직임의 간격을 일정하게. 리듬. 패턴은 리듬을 발생시킨다. 잘 가고 있다. 거의 다 왔고 마지막 단. 바닥으로 발을 내디디려는 찰나, 마지막 단이 바닥에서 상당히 떨어져 있음을 깨닫는다. 높이를 가늠하기 위해 가방에 있는 책을 던진다. 일, 이, 삼, 사, 오, 육, 칠초 뒤 퍽 하는 소리가 들린다. 뛰어내릴 높이가 아니다. 어떤 가능성이 내게 침입한다. 얼굴로 떨어지는 가능성보다 더 끔찍한 모습이다. 소리를 질러보지만 소리가 되지 못한 비명은 목구멍만 긁을 뿐이다. 집중. 패턴. 리듬. 나의 움직임을 효

과적으로 통제했던 것들은 무의미로 전락한다. 떨면서 내려다본 바닥은 밤바다처럼 검다. 영원이라는 것이 존재한다면 저 바닥과 비슷한 모습이리라. 공포로 심장이 뻐근하다. 내려갈 수도 없고 이미 아득해진 위로 다시 올라갈 수도 없다. 나는 층과 층 사이에 갇혀 무수한 시선을 발생시킨다. 눈동자가 필사적으로 움직이며 어떤 증거를 찾는다. 찢어진 공기 틈으로 새는 빛을 발견한다. 저것은 지금이 꿈이라는 증거인지도 모른다. 가능성 하나가 내게 침입한다.

기도하는 소녀

. 어른들이 탁한 땀을 흘렸다 *네 덕분이다* 땀과 유분으로 번들거리는 얼굴들이 소녀를 칭찬했다 토끼탕 냄새와 땀 냄새와 뜨거운 것을 그릇째 마시는 소리로 마당이 꽉 찼다 소녀는 혀끝을 입천장에 대고 돌기의 감촉에 집중했다 *무슨 세상 끝난 것처럼 그러고 있어* 죽은 토끼가 살았던 토끼장에 손가락을 걸고 울고 있을 때 소녀의 할머니가 말했다 세상이 끝난 것을 본 적이라도 있다는 듯이 소녀는 이틀 내내 작고 보드라운 토끼를 안고 다녔다 할머니 말에 따르면 소녀의 극성을 버티지 못해서 토끼는 죽었다 소녀는 토끼에게 이름만 준 게 아니라 죽음도 주었다 토끼의 이름은 솜이 소녀는 사랑이라는 말을 들으면 극성이 떠오르고 죽은 솜이가 떠오르고 땀을 흘리며 토끼탕 먹던 입들이 떠오르는 어른이 될 것 같았다 미래가 실실 웃으며 소녀의 손등을 꼬집어 비틀었다 손등에는 벌건 두려움 자국이 생겼다 소녀는 겁에 질려 신에게 기도했다 깍지 낀 손에 입술을 대고 회전하는 선풍기가 소녀 쪽으로 머리를 돌릴 때마다 누린내가 쏟아졌다 잠 속으로 도망가고 싶었다 소녀는 마당을 가로질러 항상 요가 깔려 있는 사랑방으로 향했다 사랑방 공기는 시큼하고 미지근했다 소녀는 요까지 무릎으로 걸어갔다 가운데

가 볼록 솟은 이불을 들추자 까맣게 그을린 토끼가 있었다 "

모래 얼굴

바닷가에서 자다 깼을 때 한 아이가 모래로 무언가를 만들고 있었습니다. 햇빛 때문에 아이의 얼굴 윤곽을 제대로 파악하기까지는 조금 시간이 걸렸습니다. 나는 아이의 움직임을 통해 아이가 내 존재를 의식하고 있음을 눈치챘습니다. 아이는 두 발을 꼭 이불 밖으로 내놓고 자던 내가 아는 어떤 아이를 닮았더군요. 나는 침대에 누운 채로 바닷바람에 시달렸을 두 발을 이불 안으로 들였습니다. 아이는 모래로 얼굴을 만들고 있었습니다. 입이 없는 얼굴은 사람 같기도 하고 사람이 아닌 것 같기도 했습니다. 나는 대놓고 아이의 작업을 지켜보았습니다. 아이는 자기가 만드는 얼굴에서 시선을 떼지 않았습니다. 얼마나 지났을까요. 어느덧 우리는 가끔 한마디씩 주고받는 사이가 되었습니다. 처음 보는 이에게 쉽게 말을 거는 성격은 아니지만 바닷가 특유의 분위기 때문에 마음이 열려버렸는지도 모르겠습니다. *너는 소원이 뭐야?* 나는 대뜸 이런 것을 물어보았습니다. 아이는 나를 보지도 않고 되물었습니다. *넌 뭔데?* 처음 만난 사이에 미래 같은 것을 묻다니 이상하게 들릴 테지만 소원만큼 현재가 가득 들어 있는 말이 또 있을까요. 우리는 그러니까 서로의 지금을 묻는 셈이었습니다. 나는 한참 망설이다가 소

원이 생기는 것이 소원이라고 말했습니다. 아이는 시시하다
는 표정으로 손바닥에 묻은 모래를 털었습니다. 모래의 짧
은 낙하를 바라보고 있자니 잠이 다시 몰려왔습니다. 바닷
가에 파도 소리가 없다는 것이 무척 기이하다는 생각을 하
면서도 나는 침대를 벗어나지 못했습니다. 두 발을 이불 밖
으로 내놓고 눈을 감았습니다. 다시 일어났을 때 아이가 없
으리라는 예감이 들었습니다.

자각몽

완벽한 밀폐 공간이라는 설정

설정에 따르면
나의 생존 시간은 정해져 있다는 건데

아무래도 상관없다는 듯
나는 누워서 눈을 감고 있다

자?

내 코밑에 손가락을 대어본다
입꼬리가 살짝 움직인다

자네

내가 자는 척하고 있다는 것을 알았지만
나는 속은 척하고
내가 속은 척한다는 것을 나는 눈치챘으면서도
모르는 척한다

이 이야기에서 나는 자는 역할이다

나는 역할을 수행하면서
이곳을 어떻게 벗어나지,가 아니라
어떻게 들어오게 되었을까,를 생각한다

문 없는 밀폐 공간
그렇다면 답은 하나라는 건데

내가 먼저 여기 있었고
나를 둘러싸는 방식으로
밀폐 공간을 만들었다는 거잖아

누가?
왜?

돌연 눈을 뜬다

내가 갑자기 역할 수행을 멈추자
이야기의 무릎이 꺾인다
이야기는 이제 다른 방향으로 나아가게 될 것이다

나는 천장 모서리의 아주 작은 틈을 발견한다
틈 사이로 검은 것이 흐른다
흐르는 줄 알았지만 검은 것은 액체가 아니다
얇은 선을 그리던 검은 것은 빠르게 검은 원이 된다
검은 원으로부터 선들이 방사형으로 펼쳐진다

거미떼

완벽한 밀폐 공간 설정이
무너졌다는 건데

나는 누운 채로 눈을 깜빡거린다
움직임을 만들지 못하는 무력한 몸부림
벌어진 입술이 잘게 떨린다

이 이야기는 그만 끝내는 게 좋겠어
나는 굳은 몸을 세차게 흔든다

일어나

명진탕

그 아이가 정확히 몇 살이었는지는 모른다. 초등학교 2학년 정도였을 거라고 추측할 뿐이다. 아이는 옷 가게에 딸린 뒷방에서 살았다. 세 식구가 누우면 꽉 차는 아주 작은 방이었다. 학교에서 돌아오면 아이는 밥상을 펴 숙제부터 하고, 그날분의 공부를 마치고, 저녁 먹기 전까지 가게 앞 골목에서 친구들과 고무줄놀이나 땅따먹기 따위를 하며 놀았다. 그 당시 아이의 집 형편은 어려웠지만 아이는 저 나름대로 행복했다. 아이는 똘똘했고 활달했으며, 친구들 사이에서 인기가 많았다. 선생님에게도 늘 주목과 기대를 받았다. 특별한 걱정이나 결핍은 없었다. 시간이 흘러 아이가 중학교에 진학할 나이가 되었을 때 아이네 가족은 다른 동네로 떠났다. 새 동네, 새 학교, 새 친구, 그리고 새집. 생애 처음으로 제 방을 가지게 된 아이는 옷 가게 뒷방의 기억을 버렸다. 그리고 어른이 될 때까지 옷 가게 뒷방에서 살았던 시절을 떠올리지 않았다. 살면서 그 동네 근처에 갈 일도 생기지 않았다.

그 아이가 정확히 몇 살이었는지는 모른다. 초등학교 2학년 정도였을 거라고 추측할 뿐이다. 아이는 화장실 없는 특이한 집에서 살았다. 정확히 말하자면 그곳은 집이 아니었다. 아이의 엄마는 명진탕이라는 공중목욕탕 건물 1층에서 작은 옷 가게를 했다. 그 가게에 딸린 네평 남짓의 뒷방, 그곳에서 세 식구가 살았다. 뒷방에 난 알루미늄 문을 열면 연탄아궁이와 LPG 통과 수도꼭지가 있는 작은 공터가 나왔다. 두 사람이 동시에 무언가를 할 수 없을 정도로 비좁은 공간이었지만 그곳은 부엌이자 간이 욕실 역할을 했다. 가게, 뒷방, 부엌 겸 욕실이 전부인 집. 화장실 없는 집. 아이는 화장실을 가려면 가게 밖으로 나와 명진탕에 딸린 개방형 공중화장실을 이용해야만 했다. 성별 구분 없는 화장실이었고, 휴지통에는 언제나 더러운 휴지가 꽉 차다 못해 넘쳐 있었으며, 나프탈렌 냄새와 암모니아 냄새가 뒤섞인 지독한 악취가 났다. 아이는 화장실에 가는 것을 몹시 싫어했다. 하교할 때는 소변이 마렵지 않아도 학교에서 볼일을 보고 나왔다. 여력이 되면 집에서 이백 미터쯤 떨어진 교회 화장실을 다녀왔고, 화장실을 가기 위해 친구 집에 놀러 가기도 했다. 그러나 대부분은 명진탕 화장실을 사용할 수밖에 없었다. 그날도 아이는 숨을 참고 흰색 고무신처럼 생긴 변기에 쪼그리고 앉아 볼일을 보았다. 참고 참다 간 터라 소변 줄기가 세차고 길었다. 그날따라 아이는 물기 있는 문고리를 만지기 싫어서 문을 잠그지 않았다. 어차피 화장실엔 아무도 없으니까. 서둘러 볼일 보고 나가면 되니까. 살짝 열린 문틈으로 보이는 하늘색 바닥 타일. 물이 가득 채워져 있는 빨간 고무통. 통 위에 동동 떠 있는 분홍색 플라스틱 바가지. 모든 것이 구역질 나게 싫었다. 아이는 바지를 급하게 올리고 도망치듯 나와 숨을 몰아쉬었다. 심장이 이상하게 쿵쾅거렸다. 목욕탕 앞 골목에서 동네 아이들의 고무줄놀이가 막 시작되려는 참이었다. 친구들을 보자 안심이 된 아이는 곧장 고무줄 군단에 합류했다. 전우의 시체를 넘고 넘으면서, 제 허리보다 높은 고무줄에 발등을 걸면서 아이는 잊었다.

이 아이가 정확히 몇살인지는 모른다. 초등학교 2학년 정도일 거라고 추측할 뿐이다. 최근 아이에게는 소변을 참는 버릇이 생겼다. 물도 잘 마시지 않는다. 아이는 화장실에 가는 것이 싫다. 화장실은 더럽고 축축하고 더럽고 축축하고……　　　무섭다. 아이가 화장실에 가기 싫어한다는 것은 비밀이다. 아이의 엄마도 모른다. 싫은 마음과는 무관하게, 아이의 몸은 착실히 제 기능을 한다. 기어코 요의가 찾아

온다. 아이는 가게 뒷방에서 나와 진열대를 정리 중인 엄마
에게 다가간다.

　엄마, 화장실 같이 가주면 안 돼요?
　몇살인데 화장실도 혼자 못 가?
　무서워서 그래요
　뭐가 무섭다는 거야? 얘가 바빠 죽겠는데 왜 안 하던 짓
을 하고 이래?
　아니, 벌레가……

　아이는 엄마의 미간이 순간 구겨지는 모습을 보고 빠르게
포기한다. 가게 문이 열린다. 아이가 깜짝 놀란다. 가게 문
이 열리면 아이의 심장은 쿵쾅쿵쾅 뛴다. 심장이 점점 커져
서 몸을 찢고 나올 것 같다. 아이는 동네 교회로 가기로 한
다. 교회로 가는 마지막 골목에 이르렀을 때 사십대로 보이
는 남자가 아이 옆을 지나간다. 아이는 달리기를 한 것처럼
숨이 가빠진다. 등에 땀이 흐른다.

　맥주를 마시면 이게 싫다. 화장실을 너무 자주 가게 된다.

화장실에 들어와 일단 바깥문을 잠그고 칸에 들어가 안쪽 문을 또 잠근다. 걸쇠가 제대로 걸린 것을 한번 더 확인하고 볼일을 보려는데 밖에서 거칠게 문 두드리는 소리가 난다. 잠시만 기다려주세요, 양해를 구하려는 순간 날카로운 목소리가 들린다. *아 씨발, 안만 잠글 것이지 밖까지 잠그고 지랄이야!*

명진탕 공중화장실의 냄새는 누구라도 참을 수 없을 것이다. 나프탈렌 냄새와 암모니아 냄새가 뒤섞인 지독한 악취. 나는 흡, 숨을 참고 서둘러 맨 오른쪽 칸으로 들어간다. 문을 잠글까 하다가 물기 있는 문고리를 만지기 싫어서 대충 닫고 잠그지 않는다. 어차피 지금 화장실엔 아무도 없고 서둘러 볼일 보고 나가면 되니까. 빨리 쉬하고 애들이랑 고무줄놀이 해야지, 마음이 급하다. 바지를 내리고 흰색 고무신처럼 생긴 변기에 쪼그려 앉는다. 참고 참다 간 터라 그런지 소변 줄기가 세차고 길다. 살짝 열린 문틈으로 보이는 하늘색 바닥 타일. 물이 가득 채워져 있는 빨간 고무통. 통 위에 동동 떠 있는 분홍색 플라스틱 바가지. 그리고 검은 운동화. 문이 천천히 열린다. 베이지색 면바지. 천천히 내 얼굴 쪽으로

다가오는 무릎. 베이지색 면바지가 더러운 바닥에 툭 떨어
진다. 맨다리가 드러난다. *너 내가 하라는 대로 하면 오백원
줄게.* 내 얼굴 앞에서 동전이 반짝인다. 엄마를 부르고 싶
만 목소리가 나오지 않는다. 오백원이 징그럽게 반짝인다.

샤론 피아노학원

오른쪽 맨 끝에 있는 연습실 문을 열자 묵은 공기가 뱀처
럼 기어나온다
문 앞에 서서 갇혀 있던 것들이 다 나올 때까지 기다린다

방 안으로 들어가는 데는 결심이 필요하다

방에는 창문이 없어서
방문을 닫고 불을 끄면 깊은 어둠 속에 잠길 수 있다

천천히 검은 피아노 앞으로 다가간다
한가운데 피아노 말고는 이 방에 다른 가구는 없다

피아노 뚜껑은 이상할 정도로 먼지가 없고 반들반들 윤이
난다
마치 누군가 매일 성실하게 닦은 것처럼
잘 아는 얼굴 하나가 피아노 뚜껑 위로 비친다
어스레한 얼굴 옆으로 다른 얼굴 하나가 나타났다 사라진다

무릎 아래가 희미해지는 느낌을 받으며

축축한 손으로 피아노 뚜껑을 연다

건반을 소심하게 더듬던 손이 활주하기 시작한다
곡이라기보다는 단절된 음계를 아무렇게나 연결한 것에
가까웠지만
칠 때마다 달라지는 이 곡에도 제목은 있다

갑자기 방문이 세게 닫힌다
창이 없는데 바람이 어디서 들어왔을까
뒤를 돌아보는 대신 연주에 열중한다

아랫배가 뻐근해지도록 퍼지는
어떤 예감을 무시하고

피아노 뚜껑이 손 위로 쾅 떨어진다
두 손이 피아노 안에 갇힌다

등 뒤에서 방문이 닫혔을 때
아니, 내 얼굴 옆에 다른 얼굴이 비쳤을 때

아니, 방에 들어왔을 때부터
이렇게 될 것을 알았잖아

뚜껑을 열어 손의 상태를 확인하는 대신
그대로 피아노 뚜껑 위에 왼뺨을 대고 엎드린다
포마이카 특유의 매끄러운 차가움이 나를 안정시킨다

나는 새로운 잠으로 도망간다

하지만 도망쳐 온 곳은 도로 학원
쏟아지는 내장을 두 손에 받쳐 들고 피아노 앞에서 우는
나를 본다

심야 파티

휘파람 소리에 잠을 깨보니 위 송곳니 두개가 겨드랑이
근처까지 자라 있다
쇠창살을 잡고 흔드는 죄수처럼 송곳니를 양손으로 잡고
흔들어본다
잇몸은 생각보다 단단하다

백발의 여자가 다가와 파란 술을 권한다
유리 세척액 같다는 생각을 하며 단숨에 마시고 내려놓는다
술에서는 감기약 맛이 난다

송곳니가 테이블에 걸리지 않게 턱을 살짝 들고 조심하며
앉는다
눈이 온통 하얀 이가 손금을 봐주겠다며 내 손을 억지로
잡아끈다
자세히 보니 그의 눈동자는 그냥 하얀 게 아니라 옅은 미
색이다
그가 내 손바닥을 한참 들여다보더니 돌연 손을 툭 놓는다
손이 급하게 낙하하는 바람에 송곳니가 겨드랑이를 찌른다

잘 모르겠네요, 그저 행복하세요
왜요? 제가 불행해지나요?
이런 건 다 재미일 뿐이니까
……
바다, 그것도 밤의 바다라서, 당신은, 아무튼요
……
외롭지 마요

나는 양팔을 교차해 송곳니를 잡고
외로움이 의지나 노력의 결과일 수 있는가 생각한다

백발의 여자가 다시 다가와 파란 술을 권한다

잔을 받아 들고 자리에서 일어나 실내를 돌아다닌다
걸을 때마다 송곳니가 겨드랑이를 찌르고 그 때문에 파란
술이 찰랑거린다

벽에 걸린 유화가 나를 붙잡는다
까만 배경에 서 있는 여자의 뒷모습이다

밤마다 바다는 하늘과 몸을 섞고 검게 하나가 된다
여자는 사라진 경계를 보는 중일까

손금을 봐주었던 그가 이곳을 조용히 빠져나간다
외롭지 마요

외롭지 마요

술잔을 입으로 가져가려는데
날카로운 경보음

알람 소리에 눈을 뜬다
머리맡에 둔 폰을 들어 알람을 끄고 바로 검색창을 연다

치아가 길게 자라는 꿈이라고 입력해야 할지
검은 바다가 나오는 꿈이라고 입력해야 할지 주저하며
내가 파티에서 완전히 돌아오기를 기다린다

반대편에서 만나

당신의 침묵이 말보다 두꺼워졌을 때
당신과 연결된 것들은 조금씩 부서지고 있었다

당신은 태어나기 위해 죽어가는 중인지도 몰랐다

당신이 만든 침묵 위에 등을 대고 눕는다
침묵 밖으로 발이 삐져나온다

손등과 목뒤로 스미는 침묵의 감촉
그 감촉은 나를 녹슨 칼날 위로 데려간다
맨발의 나를 부르는 당신의 눈
나는 걸을 때마다 천천히 치명상을 입는다

접은 팔을 뺨 아래 받치고 돌아눕는다
벌어진 발바닥에서 당신이었던 것들이 흘러내린다
내 안에 있을 때 당신은 액체다
흐른다
고인다
변하지 않은 채로 바뀐다

표피를 뚫고 땅속으로 걸어가는 당신을 사라질 때까지 바
라보았다
그때 당신의 등은 당신의 침묵과 닮아서 두드릴 수 없었다

당신은 지금 가장 깊고 뜨거운 곳을 향해 가는 중일까
아니면 이미 내핵을 통과해 반대편으로 올라가는 중일까

불로 만든 신발을 신은 듯 발바닥이 뜨거워진다
온몸이 작열감에 점령된다

당신을 흘려보낸 나는 어디를 통과하는 중일까
나 역시 태어나기 위해 죽어가는 중일까

반대편에서 만나
나는 흘러간 당신에게 약속한다

서로 다른 시간에 서 있더라도
관통해본 사람은 어디든 존재하는 법을 알게 될 테니

반대편에서 만나
아직 태어나지 않은 당신과 아직 죽지 않은 내가 할 수 있는
유일한 약속이다

화해

꽃가루가 날리는 계절에는
모든 것이 날아다닌다

뭐라도 잡고 싶어
그냥 아무거나

근육을 아무렇게나 뻗어보지만
움직이는 것이 움직이는 것을 잡기란 얼마나 힘든지

의자를 빼놓고 잠들지 마
영혼이 의자에 앉아서 자는 제 얼굴을 쳐다본대

나는 의자를 책상 바깥으로 빼놓고 불을 끈다
잔인하게 쫓아냈던 그 아이가 의자에 앉을 수 있게

꿈에서 애쓰면 어깨가 뭉친다
꿈에서 울면 베개가 젖는다
분명 꿈이 새고 있어

네 방에서 장미 향이 진동해 진짜 장미 냄새 말고 장미 향
의자에 앉은 아이가 콧등을 구기며 말한다
알아? 장미 향은 절대 장미 냄새가 될 수 없어
아이는 정확한 눈으로 나를 바라본다

아이의 작은 등이 나를 인도한다
안개 속으로 들어갈수록 안개가 깨진다

사건도 이유도 결말도 사라진 채 느낌만 남은 이야기들
나의 몸으로 들어와 나의 자세를 만든 말들

젖은 눈을 뜨는 일에는 용기가 필요하다

하나, 둘, 셋
눈을 뜨면 아이가 앉아 있을 것이고
이젠 내가 정확한 눈으로 아이를 바라볼 차례

아직도 죠스바를 좋아하니?
시뻘건 혀를 검은 입술 안에 숨기고 땅따먹기 하는 친구

들을 바라보니?

　여전히 상어가 영어로 죠스라고 알고 있니?

　나는 이제 내 장례식을 상상하지 않는단다

숲

내가 들어온 뒤로 숲은 한마디도 하지 않았지만 계속 소리를 냈다. 그것은 손이 메마른 독서가가 책장을 넘기는 소리 같았다. 불청객의 기분을 느끼며 걷고 있을 때 픽, 사람 머리만 한 둥근 것이 떨어졌다. 붉은 즙과 덩어리들이 땅에 엉망으로 튀었고 검은 나방들이 그 위를 맴돌았다. 나는 고개를 최대한 앞으로 빼고 둥근 것의 정체를 확인하려고 했지만 어쩐 일인지 그곳에만 블러 처리가 되어 있어 볼 수 없었다. 하지만 나방들은 날개의 무늬까지 지나치게 자세히 보였고 날개에서 아는 얼굴을 발견한 나는 그대로 주저앉았다. 다리가 후들거려 옆에 있는 나무를 붙잡고 일어나야 했다. 나무는 잎 몇개를 내 얼굴에 투투 뱉으며 불쾌감을 표했다. 확실히 숲은 나를 환대할 마음이 없었다. 그것은 내가 속한 종이 숲을 단 한번도 환대하지 않았기 때문이고 묻자,라는 여자들의 호소에 질문을 붙드는 대신 삽을 찾으러 갔기 때문이다. 이 기분은 타당하다.

가수면

잠의 촉수에 팔다리가 묶인 채로

내 안에서 나를 벌리려는 힘을 감지한다
피기 직전의 꽃에서 두려움을 느꼈던 이유를 깨닫는 순간

처음 만난 얼굴들은 다 구면이다
가장 원초적인 눈동자로 얼굴들을 바라본다
시선은 가닿지 못하고 구부러진다

잃는다
무엇을 잃는지 모르면서 잃는다
잃었다는 것을 잊는다
잊었다는 것을 잊는다

조금 전 잃는다고 쓴 사람은 누구지?
알 수 없다

촉수의 고리가 조금 느슨해진다
잠이 나를 포기한 것인가

원인 없이도 사건은 일어난다
전조 없이 일어나는 사건은 없다

전조,
그 사건의 전조는 무엇이었던가

일찍 끝난 수업
나들이 인파
공사 중인 육교
개인 사정으로 하루 쉰다는 분식집
풀린 운동화 끈

시간에 사건이 섞이면 되돌릴 수 없다
시간의 색은 변하고 변한 시간은 미립자를 뿜는다

미립자는 내 안에 들어와 다른 시간의 미립자와 결합한다
우연과 충동에 의한 결합 에너지가 나를 벌린다

그 힘을 감지했을 때

나의 죽음은 이미 진행되었고
다시 태어나는 나를 막을 방법은 없다

처음 만난 구면에게 말한다
당신에게 그 사건이 일어난 건 이유가 있어서가 아니에요
여전히 시선은 가닿지 못하고 구부러진다

원인 없이도 사건은 일어난다
전조는 난해하게 온다

잠이 촉수를 거두고 물러난다
나는 완전히 풀려났고
이제부터 원치 않는 자유에 시달려야 한다

신이 등장하지 않는 신 꿈

머리카락을 타고 물이 뚝뚝 떨어진다
창틀 사이의 나방들은 죽음에 근접해 있다

아무 일도 없지만 무슨 일이 벌어지는 것 같은 기분
머그컵 바닥에는 지난밤이 말라붙었다

테이블이 잘게 떨린다
그러고 보니 창밖의 나무도 달달 떨린다
이건 분명 신이 다리를 떨고 있는 것
보기 흉하다! 복 나간다!
그러나 누가 신에게 잔소리를 할 수 있겠는가

머리 감을 때 귀에 들어간 물이 귓속을 돌아다닌다
한방울의 물로도 나는 완전히 흐트러질 수 있다
고개를 기울여 제자리뛰기도 해보고 헤어드라이어로 말
려도 보고 면봉도 넣어보았지만 소용없었고

귀에 들어가 영영 빠지지 않았으면 바랐던 건 따로 있는데
아직 말해지지 않은 단 하나의 문장

엉뚱한 것이
엉뚱한 것들이
구멍으로 흘러 들어간다

전등갓 속에
책 위에
카펫 위에
수납장 안에
화분에
주전자 위에
실내화 안에
나방들은 도처에서 죽음을 시작한다
날개의 비늘이 폭죽처럼 터진다

잿빛 비늘 가루를 손날로 쓸어내고 바지춤에 쓱쓱 문지
른다

죽음의 재

아마도 신은 뺨을 받치고 모로 누워 있을 것이다
이곳을 관람하며 늘어지게 하품을 할 것이다
권태와 무관심을 들켜도 상관없다는 투로
너를 믿는다는 자들이 무슨 짓을 하는지 봐! 이 멸망을
봐!
그러나 누가 신을 나무랄 수 있겠는가

떼죽음

바스러진 날개에서는 어떠한 사랑의 단서도 찾을 수 없다

머리카락이 머금은 물이 카펫으로 떨어진다
사체와 사체 사이 진한 점들이 뚝뚝 생긴다

쪼록,
뜨듯한 한방울이 귀에서 흘러내린다

이상할 정도로

어제저녁부터 내리던 비가 그쳤다
잠이 올 것 같지 않아 집을 나선다
아무리 새벽이라지만 골목에 사람이 한명도 없다
불 켜진 집도 없다
이상할 정도로
촬영이 끝나고 모두 돌아간 세트장을 홀로 걷는 기분이다

완만한 오르막길을 걷다 중학교 후문 앞을 지난다
어른 주먹만 한 자물쇠로 늘 잠겨 있던 철문이 조금 열려
있다
조심스럽게 학교 안으로 들어간다
평소라면 하지 않았을 행동이다

후문을 통과하고 나서 돌계단을 한참 오르자 본관 건물이
보인다
운동장 쪽으로 걸어간다
잔디가 푹 젖어 있다
비 온 뒤인데다가 새벽이라 잔디 향이 진하게 올라올 텐
데도

아무 냄새가 안 난다
이상할 정도로

운동장 양쪽에는 축구 골대가 있다
어디에서도 보지 못한 기이한 비율이다
골대 폭은 나의 양팔 너비보다 짧았지만
높이는…… 한…… 그래
저기 본관 3층 정도로……

본관 3층 중간 교실에 불이 켜져 있다
이 시간에 사람이 있어? 생각하던 찰나 불이 꺼진다
몇초 뒤 불빛은 옆 교실로 이동한다
사람의 실루엣을 본 것 같다
불빛이 또 한칸 옆으로 이동한다
이동한 교실에 실루엣이 나타났다 사라진다
착각인가?
하지만 분명히 모자를 본 것 같은데
어떤 사정으로 새벽에 등교한 학생일 수 있다
순찰 중이던 관리인일 수도 있고

갑자기 추워져 서둘러 학교를 나온다
왔던 길 그대로 되돌아간다
속도를 높여서
여전히 사람이 한명도 없다

차게 식은 침대에 누워
학교에서 본 축구 골대의 기이함에 대해 생각하다가
집을 나선 이후로 색을 보지 못했음을 깨닫는다
집 밖의 모든 풍경이 흑백이었다
이상할 정도로

아사비케이시인*

모르는 여자가 갑자기 다가와
내 어깨를 움켜잡고
자신의 꿈을 쏟아낸다

처음 듣는 이야기는
왜

다 기억하는 이야기일까

여자의 꿈이 팔을 뻗어
내 가슴을 비튼다

여자의 눈물이
내 눈에서 터지고

여자의 식은땀이
내 모공에서 솟는다

모르는

끝내 알 수 없을

당신

나는 혀를 손바닥에 옮겨 붙이고
당신의 등에 손을 얹는다

말없이
같은 말을 하고 또 하고

몇번이고

* 고대 아메리카 원주민 오지브웨 부족의 전통 주술품으로, 악몽을
  쫓아준다고 함. 후에 미국인들이 영어로 붙인 이름이 '드림캐처'
  이다.

제 3 부

잇기로 있기

안부를 묻지 않는 편지

빛이 보낸 사각이
책상에 도착했다

빛으로 만든 편지는
안부를 묻는 말로 시작하지 않아서
내게 하는 이야기지만 내게만 거는 말이 아니라서
좋았다

먼지와 고양이 털로 쓴 문장들
사각의 모서리로 갈수록 글씨가 작아진다
여백 없이 빼곡히 채워진 한장짜리 편지

이런 편지를 받으면
어디엔가 연결된 기분이 든다

연결된 기분을 느끼며 나는
흩어진 꿈을 정리하기로 한다

좁고 긴 상자에

꿈을 접어 넣는 일

어떤 꿈은 너무 얇아서
접기가 조심스러웠다

각이 많아
단정히 접기가 어려운 꿈도 있었다

낡고 닳은 꿈에서는
나프탈렌 냄새가 났다

가장 최근의 꿈부터 상자에 넣었기 때문에
가장 오래된 꿈이 맨 위로 오게 되었다

좁고 긴 상자는
좁고 길고 무거운 상자가 되었다

나의 꿈은 가장 가벼운 꿈조차 무거웠으므로

정리를 마쳤을 땐
빛이 편지를 거두어 간 뒤였다

아주 잠시 나의 것이었던 빛편지

자신의 조각을 안주머니에 넣고 다니는
모르는 이에게 보내지기를

지탱의 밤

깜깜해지면
나의 눈은 고양이와 반대로 간다

내 눈이 텅 비어가는 동안
고양이의 눈은 까맣게 차오른다

오늘 몇번이나 소리 없는 노래를 불렀나
완벽한 인과를 갖춘 이야기에서 도망가기 위해

그래서는 안 되는 일이
그럴 수도 있는 일로 바뀌는 때는

모든 일에는 반드시 이유가 있다고
믿는 사람들이 많아질 때

깜깜해지면
선명해지는 것이 있다

소리,

콘센트에서 전기 흐르는 소리
소리,
고양이 발톱이 마루에 닿는 소리
소리,
좋은 게 좋은 거겠죠, 같은

내가 뱉고
내가 베이는 소리

깜깜해지면
나타나는 얼굴이 있다

안개비 이슬비 가랑비 장대비 단비 잠비 목비
비를 비라고 부르지 않고
꼭 개별의 이름으로 부르는 사람

오래된 눈물을 메고 다니는 사람

어떤 일은 이유 없이도 일어나요

당신의 말이 나를 지탱했다는 것을
당신은 모르겠지만

달리기 시합

우리는 씻어 온 방울토마토를 먹고
'가을철 진드기 주의'라고 적힌 현수막 아래 벌렁 드러누
웠으며
갑자기 일어나 서로 이길 마음이 없는 달리기 시합을 한 뒤
숨을 몰아쉬며 강을 바라보았다

제자리에서 뒤뚱거리는 갈색 오리 한마리를 발견하고
귀엽다, 귀엽다를 연발하며 강 가까이 갔지만
자세히 보니 오리가 아니라 강에 버려진 갈색 페트병이
었고
사실 웃긴 일은 아닌데도 온몸으로 웃었다

웃어야 할 총량이 있다는 듯
웃을 일이 없을수록 할당량을 채우듯 한번에 몰아 웃는 건
우리의 습관
아니, 우리의 두려움

넘치는 사랑의 말과
영원을 붙인 약속들

어떤 단어가 자주 등장한다면
세상에 그 단어가 부족해서인지도 모르지

단어 밖으로 밀려나지 않으려고 등에 힘을 주었던 너와
나를 떠올린다
그때 본 너의 얼굴은 나의 얼굴과 다르지 않았겠지

우리는 같은 결말을 가지고 있음에도
결말에 닿을 일 없는 사람처럼 행동했고
그것은 어느 정도 효과가 있었다

여기서 저기 보이는 가로등까지 한번 더 달릴까?

우리는 서로를 이길 마음이 없었지만
자신 안에 스민 무언가를 이기고 싶어서
최선을 다해 달렸다

피셔맨 매듭

한때 파랑이었던 붉음은
파랑의 기억 때문에 복잡한 붉음이 되었다

너는 하늘색이 하나인 것을 이해할 수 없다고 했다
크레파스의 모든 색은 하늘색이라고

하나의 색을 가진 것은
사실 어디에도 없지

하늘을 올려다보면서
오른손으로 차양을 만든다
잔광만 희미하게 남은 저녁 하늘이지만 습관적으로

피셔맨 매듭으로 만든 붉은 로프 팔찌가 달랑인다
팔찌를 낀 뒤로 한번도 빼지 않았다
씻을 때도 잘 때도
함께 젖었다가 함께 마르고
함께 넘쳐흘렀다가 함께 바닥나면서
팔찌는 내 몸에 그어진 금이 되었다

내게 피셔맨 매듭을 가르쳐준 것은 너였다

로프 두줄을 서로 연결할 때 쓰는 매듭법이야
이 매듭법의 단점은 로프가 얼었을 때 풀기 어렵다는 거야

나는 오로지 단점 때문에
피셔맨 매듭이 마음에 들었다

미숙한 내 손이 똑같은 것을 두번 세번 물어보면
참을성 많은 네 손이 똑같은 것을 두번 세번 반복해 보여
주었다

복잡한 붉음이 단순하게 내리는 시간 속에서
너와 나는 손을 마주 잡았다
우리는 피셔맨 매듭이 되었다

피셔맨—매듭은—아주—강한—매듭이야—

네가 손을 비틀어 풀더니 다시 깍지를 껴왔다
진화된 피셔맨 매듭이라며 함께 웃었다

단점은―얼었을―때―풀기―어렵다는―거야―

혹독한 시간에 얼어붙더라도
지금의 매듭 풀리지 않기를

가끔 내 팔찌를 궁금해하는 사람들이 있다
그들에게 피셔맨 매듭에 대해 설명할 때
나는 이 매듭의 단점부터 이야기한다

기도

배낭을 오른쪽 어깨로만 멘 사람이
예배당 뜰에서 기도한다

한쪽 신발 뒤축만 심하게 닳은 사람은
배낭을 저렇게 메면 안 될 텐데

하늘을 바라보고 하는 기도와
고개를 숙이고 하는 기도는
운동성이 다를 것이다

다른 방향과 속도로 움직이는 부딪히는 얽히는 끊어지는
기도 기도 기도들

인간이 했던 최초의 기도는 무엇이었을까

기도를 마친 사람이 배낭을 양쪽으로 고쳐 멘다
그래요 그렇게 메는 게 허리를 위해 좋아요

예배당에서 사람들이 나온다

개운한 얼굴로

믿는 이는 많고
믿음은 희박하다

며칠 전 지하철역 출구에서는
자신이 믿는 것을 무조건 믿기 위해
믿음을 버린 이들의 기도를 들었다

신에게 도착한 가장 최근의 기도는 무엇이었을까

이제 아무도 안 믿는 것을
여전히 믿고 있는 사람을 만난다면
그를 믿어보자

그는 신이 아니고
신 비슷한 것도 될 수 없지만
천국의 반대말이 지옥이라고 말하는 사람은 아니니까

인간이 했던 최초의 기도는
아마 사랑이었을 것이다

관성적으로

이번엔 오른쪽으로 한번 타보세요
미용실에서 정성껏 바꿔준 가르마는
반나절 만에 원래대로 돌아왔다

나방파리는 잡아도 잡아도 어디선가 계속 나왔고
제때 먹으려 노력해도 냉장고 속 채소는 자꾸 상했다

좋은 소식은 대개 글자로 왔다
나쁜 소식은 전부 소리로 왔다

마음이 끈적일 때마다 손을 씻었다
성긴 거품 속에서 손가락은 계산적으로 움직였다

아이가 제 스케치북을 보여주었다
회색 배경에 까만 점 하나 있는 그림
투명한 문장 끝에 찍힌 마침표 같았다

아주 높은 곳에서 내려다본 사람이에요
아이가 말했다

아주 높은 곳에서 내려다본 사람이에요
아이가 반복했다

정말 그렇네, 사람이
아이를 보며 고개를 끄덕였다

그래 사람은 마침표로 보이지
보이지 않는 긴 문장을 품은

우리는 실패를 반복하면서도
마침표 여는 일을 멈추지 못한다
타인의 문장에 뛰어든다
그건 사람의 관성

라디오를 틀자 방의 침묵이 꺼졌다
진행자의 멘트를 끝까지 듣고서야
수난 시대를 순환 시대로 들었음을 깨닫는다
마냥 잘못 들은 건 아닐지도 모른다

수난은 순환의 결과이니까

손날로 가르마를 훑으며 머리를 쓸어내린다
관성적으로

그래도의 마음

거리는 거리로 이루어져 있습니다
가까워지고 멀어지기를 반복하는 사람들

사계절의 모든 옷을 몸에 수납하고 혼잣말을 크게 하는
여자

여자는 작동 중인 전자레인지 같습니다
사람들은 멀찌감치 떨어집니다
안을 들여다보지 않습니다

데워지지도 종료되지도 않는 상태는 조금 위험합니다
아, 이건 내 이야기입니다

요즘은 깜깜해지기 위해 극장에 갑니다
깜깜한 곳은 마음껏 깜깜해지기 좋아요

아이 몸에 선크림을 발라주는 남자
깁스한 다리로 달리는 학생
폐버스 안에서 웃는 아이들

자신의 해부를 지켜보는 여자
그들의 눈물이 내 눈에서 흐르게 둡니다
극장에 몰래 나를 버리고 나옵니다

저기 쪼그리고 앉아 튀밥 기계를 돌리는 남자가 있습니다

사방으로 튄 튀밥을 쪼아 먹는 비둘기들
튀밥을 기다리는 아이와 엄마
뒷짐 지고 구경하는 백발의 여자
누구도 새들을 위협하거나 쫓지 않습니다

물에 떨어진 잉크 한방울처럼
이름 없는 마음이 퍼집니다

보도블록 틈의 풀은 잡초가 아니라고
다 이름이 있다고 말하던 여자가 떠오릅니다

무명의 마음에 그래도,라는 이름을 지어주려고요
그래도, 언제?

비둘기들이 고갯짓으로 찬성합니다

불참한 기억들

그날은 그대로 돌아왔는데
기억은 덜 돌아왔다

듬성듬성한 공기

상심한 그래도를 빈자리에 앉히고
체온을 잃지 않게 폴라플리스 담요를 덮어주었다

돌이 되고 싶어
그래도가 나의 오른 어깨를 붙잡고 귓속말을 했다

어떤 돌?
깎여서 생기는 돌이 있고
쌓여서 생기는 돌이 있어

기억의 배를 갈랐을 때 돌이 쏟아진다면
그건 깎여서 생기는 돌일 거야
오래 닫힌 입을 벌렸을 때 돌이 쏟아진다면
그건 쌓여서 생기는 돌일 거야

귀를 가진 돌
그래도다운 대답이었다고 생각한다
그래도는 둘 중 하나 선택하는 것을 좋아하지 않으니까

듬성듬성한 귀

그래도는 직접 써 온 시를 불렀다
제목은 '듣는 돌'이었다

그래도의 온기가 남은 폴라플리스 담요를 두르며
시 부르는 그래도의 옆얼굴을 보았다

감은 눈으로 뭘 보고 있어?
손과 손을 이어서 만든 아주 큰 원

그래도는 상심했지만 절망하지는 않은 것 같았다
그래도답게

그곳은 그릇이 될 거야

손금을 봐주겠다며
네 손을 잡아끌었던 사람들은 하나같이 놀랐지

너는 불운의 손을 타고났지만
너의 손은 섬세한 손가락을 가졌단다

흘러내린 고통의 머리칼을 넘겨주는 손가락
공복의 슬픔에게 밥을 지어 먹이는 손가락

너는 지독한 근시와 난시를 동시에 겪고 있지만
몸을 낮추고 빠르게 지나가는 동물을
아스팔트 위의 아주 작은 곤충을
어른 손을 놓치고 울기 직전인 아이를
유독 잘 발견한다

잘 본다는 것은
시력이 아니라 시선의 문제

그러나 네가 가진 것 중에 가장 아름다운 것은

네 몸의 파인 곳

네 아버지가 자신을 대고 새긴 음각
다시 차오르지 못한 움푹한 곳

흉터라고 불리는 그곳은 그릇이 될 거야
다른 존재를 담을 수 있는

파였다는 것은
깊이를 품게 되었다는 뜻이어서

너는 너의 깊이에 숨 쉬는 것들을 들였지
거기에는 인간만 있지 않았지

지선버스

모르는 이가 남기고 간 체온 위에 앉아
굳은 몸에 감각이 돌아오길 기다린다

계절을 돌아 다시 입은
두꺼운 외투 주머니에는
영수증과 잃어버린 줄 알았던 립밤

완전히 정차하면 내리세요

맨발의 어린 예언자들만이 땅을 웃게 했다
작년의 나는 영수증 뒷면에 이런 문장을 써놓았다

결로로 하얘진 창을 손날로 닦아내면
투명 사이로 들어오는 풍경

비닐봉지를 끼고
품에 안은 개의 정수리에 턱을 비비며
언 영혼을 녹이는 여자

당신과 나는 어제 같은 꿈을 꾸었을지도 몰라요

예 갑니다 이거 타시면 됩니다

백발의 여자가 내리는 문 옆에 앉는다
탄식과 함께
대파가 삐죽 나온 장바구니를 무릎에 올리고
개 쪽으로 상체를 튼다
남은 사랑을 얼굴에 전부 끌어다가
개와 눈을 마주치려 애쓴다

이건 차고지로 갑니다 뒤에 오는 거 타세요

창문에 폰을 붙이고
흔들리지 않게 발끝을 콕 세우고
아무도 훼손하지 못할 자신만의 문장을 담는 학생
살짝 실룩이는 뺨을 보며
그의 표정을 짐작한다

비슷한 표정이 내게도 씌워진다
아주 잠깐

개를 안은 여자와 ─ 백발의 여자와 ─ 어린 시인과 ─
맨 뒷자리에 앉은 나는
한 공간에서
모르는 사이인 채로
삼분마다 멈추며

같이 흔들린다
같이 흘러간다

여름, 여름 아이

기억이 목구멍에 걸릴 때가 있다
뱉을 수도 삼킬 수도 없을 때

연필을 깎는다
흑연 가루가 날리지 않도록 선풍기를 등지고 앉아

나무 냄새는 칼날 위로 올라타 춤을 추고
칼날은 나 대신 검게 그어진다

깎을수록 깎이는 것은 칼의 예리함이어서
무뎌진 칼은 어느 순간
내가 쥔 것에 파고들지 못한다

흙에는 지금까지 죽은 모든 여자가 있고
연필의 몸은 그들의 품에서 자랐지
그러니 연필을 꼭 쥐는 것은
그들과 한꺼번에 포옹하는 방법

겹겹의 체온에 기대어

끈끈한 체액을 흘리며

침묵의 소리를 받아 적는다
이름의 뒷면을 옮겨 적는다

내가 가두었던 검은 머리 아이가
사각사각 나타날 때까지

나를 닮은 아이의 눈에는
나에 대한 원망이나 복수심이 없고
아랫니는 아직 다 자라지 않았다

아이가 너무 가까이 다가오지 못하게
내 앞에 차가운 물 한잔을 둔다

검지와 엄지에 힘을 줄 때마다
아이가 움직인다

오른 어깨 아래로 흘러내리는 민소매 끈을

자꾸 추어올리는 아이의 손

젖은 시간 말리기

긴 장마가 끝나고
모처럼 고개를 든 사람들

구름 속에서 사랑하는 존재를 찾는다
저기가 눈이고 입이고 저 아래가 다리고 그 옆이 꼬리고

흙은 흙대로
나무는 나무대로
매미는 매미대로
진한 숨을 쉰다

짓무른 땅에서는
반짝이는 것이 피어날 준비

전화기 대신 의자가 있는 공중전화 박스
의자는 오랜만에 의자를 수행하고 있다

젖었다 마르기를 반복해
모서리만 두툼해진 책을 꺼낸다

책갈피에는 접힌 영수증
어떤 하루가 증거처럼 남은 종이 뒷면에
비가 긋고 간 것들을 적어보다가

집에 가면 젖은 시간을 거꾸로 매달아야지
머금은 것 뚝뚝 다 떨어지라고
선풍기 바람에 말리고
뒤집어서 밤바람에 또 한번 말리고

속까지 푹 젖은 고무장갑 말릴 때처럼

보호색

가까운 이가 죽는 꿈을 꾼 날에는 무거워진다
내가 몰래 그의 죽음을 바라기라도 했던 것처럼

무거울수록 더 크게 웃고 많이 떠들게 된다
내가 드러날까봐 자꾸 가정법으로 말한다

아무것도 감수하지 않은 말은
아무 말도 아니다
그것은 그냥 소리에 가깝다

눈을 찢고 들어오는 것이 너무 많아서
시선을 땅에 두고 걷는다

껌 자국이 이렇게나 많다는 사실에 매번 놀란다
아스팔트 틈의 이름 모르는 풀은
슬플 정도로 맹렬한 초록이다

인도 위 은색 메탈 손목시계를 발견한다
초침은 부서진 유리 밑에서 착실히 움직인다

시계를 주워 자동차 진입 방지 돌기둥 위에 올려둔다
부서졌다고 해서 망가져도 되는 것은 아니다

횡단보도 앞에서 신호를 기다리는 학생들
한명이 요즘 화제 인물의 성대모사를 하면
아이들이 쏟아지듯 웃는다

매일 새로 태어나는 이들의 웃음
저 웃음을 푹 뒤집어쓰고 싶다

행복한 하루 보내세요
등 뒤에서 높고 맑은 목소리가 들린다
나에게 하는 인사가 아닌데도

행복이라는 단어를 들으면 왜 아득해질까
모래시계의 병목을 빠져나가는 모래알처럼
속절없는 기분이 되어

행복과 슬픔 중 하나를 신으로 삼아야 한다면

슬픔을 선택할 거라는 당신이 떠오른다

행복은 마침표가 되기 쉽고
슬픔은 반드시 시작점이 된다고

나는 당신이 보호색 쓰는 것을 본 적 없다

작은 죽은 새

이제 추위와 비 미세먼지가 동시에 없는 봄날은 드물고
그 드문 날이 오늘이다

아스팔트 위에 거무스름한 뭉치
잘 보이지는 않았지만
나는 그것이 죽은 새임을 직감한다

오랜만에 좋은 날이니까
오늘 같은 날은, 오늘은

최단 경로로 빠르게 걷던 발이
큰 호를 그리기 시작한다

죽음을 피하고 싶었지
책임을 피하고 싶었는지도

갈색 털의 강아지가 새에게 돌진한다
씁, 지지
나무라는 소리가 들린다

아이의 주의를 돌리기 위해
어깨를 감싸 제 쪽으로 끄는 아빠

멈칫하다 다시 진행되는 걸음걸음

나는 갑자기 전속력으로 뛴다
타려는 버스는 곧 도착
정류장까지는 백 미터 남짓

죽은 새가 낮게 날며 나를 따라온다
속도를 높여도 자꾸 부리가 뒤통수에 닿는다 콕, 콕

우리는 결국 함께 버스에 오른다
창문은 전부 닫혀 있다

나는 배낭을 무릎 위에 올리고 앉아
새의 꿈을 대신 꾼다
새의 동의 없이 멋대로 지어낸 이야기지만

꿈의 배경은 봄
미세먼지라는 말이 생기기 전의 봄이다

면이 되는 선

—제 손으로 문을 열어본 적 없는 이는 바람이 얼마나
무거운지 모르지

| 어디서 잃어버린 걸까 소중한 단어들이 사라졌다

—이름으로만 불려본 적 없는 이는 비 끝이 얼마나 날카
로운지 모르지

| 분실물 센터에 들어온 건 지문과 머리카락과 송곳니뿐
이라는데

—사람의 손바닥을 만져본 적 없는 이는 나무의 팔이 얼
마나 단단한지 모르지

| 지문을 잃어버린 자는 자신을 어떻게 증명할까?

—재를 만들어본 적 없는 이는 새가 얼마나 끈질기게 우
는지 모르지

ㅣ더 잃을 수는 없어서 주머니 속 남은 단어를 자주 확인했다

　―형용사나 부사 없이 말해도 되는 이는 이끼가 얼마나
지치지 않는 존재인지 모르지

ㅣ목적지 없이 걸을 때면 도로 위의 단어가 다 내가 잃어버
린 단어 같았다

　―죽음을 흉내 내본 적 없는 이는 바람 비 나무 새 이끼
를 합친 것이 우리라는 사실을 모르지

ㅣ꼭 찾겠다는 눈을 우연히 마주친 날에는 내 안에 무언가
가 켜지기도 했다

출력 오류

희망은 징후들을 가려 나쁜 일이 갑자기 일어났다고 느끼게 한다
라고 썼던 아침에는 딸꾹질이 멈추지 않았습니다

슬픔은 한번에 하나의 면밖에 보지 못해서 태어나는 것이 아닐까
라고 질문했던 밤에는 바람 소리가 울음으로 들렸습니다

J를 미워하는데도 그가 연기하는 H에 사로잡혀 매일 극장에 갔어
라고 고백한 날에는 일 미터 남짓 높이로 힘겹게 나는 꿈
을 꾸었습니다

삼십오년간 사라졌던 그 집은 왜 갑자기 내 앞에 나타났을까
라고 생각하자마자 업혀 있던 아이가 나를 할퀴고 달아났
습니다

주인공이 한명인 소설은 이제 보기 힘들어
라고 중얼거리던 밤에는 양팔이 자꾸 밖으로 벌어졌습니다

삼십초 동안 나는 몇개의 형용사를 쓸 수 있을까
라고 생각하며 백지 앞에 앉았을 때는 이미 내 안의 단어

가 바닥난 상태였습니다

　행복과 평화를 멈추자
　라고 결심했던 날에는 어른이 된 뒤 처음으로 꿈 없는 잠
을 잤습니다

자정 시쓰기 모임

우리는 오늘도 내일도 아닌 시간에 모인다

희박한 얼굴과 부푼 등을 하고

강강술래를 한다

손금과 손금을 포갠다 작은 추락을 자주 만든다 노래를
공기에 밀어 넣는다

돈다 오른쪽으로 돈다 왼쪽으로

연결된 팔을 활짝 펴 만들 수 있는 가장 큰 원이 된다

맞잡은 손을 높이 들고 가장 진한 점이 된다

돈다 꿈의 방향으로 돈다 꿈의 반대 방향으로

그애가 나를 열게 둔다 그애가 내 혈관을 돈다 그애가 내
입과 손을 쓴다

나는 나도 아니고 그애도 아닌 — 사이의 무엇이 된다

아버지에게 받은 이름을 혀 밑에 넣어두고

끈 흙 굴 피 별 령

한 글자로 서로를 부르며

돈다 — 둔다 — 돈다 — 된다 — 돈다 —

이 칸에 탄 사람

아침을 먹은 사람과
아침을 먹지 못한 사람으로
나눌 수 있다

죽은 새를 본 사람과
죽은 새를 본 적 없는 사람으로
나눌 수도 있고

바닥에 침을 뱉어본 사람과
바닥에 침을 뱉어본 적 없는 사람으로
나눌 수도 있다

밤새 시달린 얼굴들이
우수수 떨어지고
한꺼번에 상한다

검은 창에 잠깐 떠오른 한강도
상한 얼굴을 되돌리지 못한다

밥을 지어본 사람과
밥을 지어보지 않은 사람으로
나눌 수도 있겠다

개미를 밟아본 사람과
개미를 밟아본 적 없는 사람으로
나눌 수도 있겠다

엉성하게 접은 우산 끝에서 빗물이 떨어진다
앉은 무릎이 선 이를 대신해 뚝뚝 운다

순록은 무릎에서 나는 딸깍 소리로 대화한다고 들었다
사람도 아플 때는 무릎으로 말한다

내일을 기대하는 사람과
내일을 기대하지 않는 사람으로
나뉠 것이다

그래도,라고 말하는 사람과

어차피,라고 말하는 사람으로
나뉠 것이다

나뉘지 않을 것이다

일어나려는 이마를 누르는 손가락을 자주 만날 것이다
일어나라고 내미는 손바닥도 드물게 만날 것이다

타인이 자신을 통과할 때마다
자신 안의 어떤 밸브가 열리고
키우던 순록 하나가 죽을 것이다

사람이 사람을 통과하며 낸 흔적 때문에
다시 살 수 있을 것이다

우리는 다 그럴 것이다
나뉘지 않을 것이다

우산을 챙겨 온 사람과

우산을 챙겨 오지 못한 사람으로
나눌 수 있다

이번 역에서 내리는 사람과
이번 역에서 내리지 않는 사람으로
나눌 수 있다

이 칸에 탄 사람 중
아름다운 사람은 없다
아름답지 않은 사람도 없다

잇기로 있기

무더위에도 끝내 살아남은 바람은
뜨거운 입김을 쏟아내고

한때 용암이었던 돌기둥 우뚝하다

참아야 할 것은 참지 않았다
참지 말아야 할 것은 참았다

오랫동안 깎인 것 앞에서
깎여나간 부분을 열어젖히고

수치도 비애도 섞지 않은 숨

난 걔 웃는 거 소름 돋더라

잇다,와 있다,가
같은 소리를 가진 건 우연이 아니다

기―억―의―쇄―편―들―당―신―나―그―들―잇―

다─나─는─아─직─이─안─에─있─다─

　　돌기둥과 파도는 부지런히 서로에게 닿는다
　　파도는 돌기둥의 옆구리에
　　돌기둥은 파도의 목덜미에
　　자신을 새긴다

　　너는 결국 다 죽이게 될 거야 네 안에 흐르는 피 때문에

　　태양의 발끝이 피부에 닿을 때마다
　　가장 바깥의 내가 깎인다

　　존재와 존재가 닿는 일이
　　필연적으로 깎이는 일이라면

　　머리카락 지문 뼈 힘줄 장기 핏줄 피 피 피
　　엄마 엄마의 엄마 할머니의 엄마 본 적 없는 여자들이 몸 밖으로
흐를 때

피 얼룩은 찬물에 빨아야 해 알았지?

침식된 존재 앞에서
침식된 존재가 할 수 있는 다짐이란

깎이고 깎여 선에 가까워지면 조심히 누울 것이다

세로선이 아닌 가로선이 되어

잇기로
있기

구멍-난-움직이는-몸-말

김미정

1. 서정은 소유될 수 있는가

표현된 서정이 곧 '자기'로부터 기인한다는 사실을 정식화한 장르가 시인 까닭에 시에서 '나'라는 말이 굳이 언표될 때면 뭔가 풀어야 할 수수께끼 앞에 선 기분이 들기도 한다. 송정원의 첫 시집 『반대편에서 만나』에 등장하는 '나'들도 이런 의미에서 예사롭게 지나치기 어려웠는데, 특히 그들이 타자를 지칭하는 대명사(너, 당신, 그)와의 관계를 수반하고 있다는 점에 우선 눈길이 갔다. 이들은 '너'와의 불균형과 파국을 유예하려 안간힘을 쓰고 있거나(「작용 반작용의 법칙」), '당신'과 마주 보면서도 서로를 보지 못한다고 말하거나(「꽃받침의 불안」), "너의 이름을 붙인 화분"을 어떻게 버려야 할지 모르는(「무명의 화분」) '나'들이다. 이들은 대개 어떤 관계를 과거형으로 회고하는데, 그 관계는 지금 돌이킬 수 없이 달라져 있다. '나'들은 일견 상실이나 회한, 그리움 등의 정서를 수습하고 있는 듯 보이고, 이는 남은 이의 애도 과정에 상응하는 듯도 보인다. 무언가가 훼손되거나 사라질 기미, 혹은 이미 도래한 상황을 추수하는 이의 단정한 태도에 비할 때 그 곡진함에 아랑곳없이 변화하는 세계의 이치가 속절없이 느껴지기도 한다.

하지만 '나'를 슬픔, 고통, 불안 등과 같은 서정의 견고한 주인으로만 읽기에는 마뜩찮은 부분도 많다. 이 시집의 정서는 앞서 적었듯 '너' '당신' '그' 등의 대명사로 지시되는 익명(무명)의 타자들과의 관계에서 연유한다. 단지 그들로 '인해' 나의 감정이 발생한다는 말이 아니다. 오히려 이 '감정'은 저 '관계'들 자체로부터 나오고 있고, 실제 이러한 관계가 시상을 전개시킨다. 곧 '나의 슬픔' '나의 기쁨'과 같이, 감정은 소유격으로 말해질 수 없다는 의미이다. 오히려 감정이 '너-나'를 통과하고 있는 쪽에 가깝다. 서정이 곧 개별자의 소유형으로 이해되어온 것에 비할 때, 지금 송정원의 시들은 오히려 그것의 메커니즘을 미시적으로 감각시키는 듯하다. 이것은 관계의 물질성 없이 이 시집의 서정을 읽기 어렵다는 뜻이기도 하다.

꿈과 관련된 상태에 대한 시들도 이와 관련될 것 같다. 특히 이탈리아의 화가 조르조 데 키리코의 회화와 같이 단정, 적막, 몽환, 음울, 불안 등을 떠올리게 하는 2부의 시들이 그

러하다. 시 속에서 꿈은 내가 또다른 '나'와 만나는 "밀폐 공
간"(「자각몽」)이기도 하고, "모르는 여자"와 불가항력적으로
접촉하는 경험(「아사비케이시인」)이기도 하다. 이는 우선은
어떤 공포나 무력감을 자아낸다. 하지만 이것은 또한 완고하
다고 믿어지는 '나'의 균열 혹은 '나'와 타자의 경계 붕괴를
확인하는 경험이다. 꿈이란 심신의 명료한 윤곽을 지닌다고
여겨지는 자기 상태가 흐트러지는 존재-상태와 다름없다.
그러나 이러한 흐릿함, 흐트러짐이야말로 모든 관계의 시작
점 아닌가. 이렇듯 어떤 서정의 소유자로 간주되어온 서정시
의 주체는 송정원의 시에서 익숙하면서 동시에 낯설다. 다음
시를 통해 좀더 생각해본다.

　　　당신의 침묵이 말보다 두꺼워졌을 때
　　　당신과 연결된 것들은 조금씩 부서지고 있었다

　　　당신은 태어나기 위해 죽어가는 중인지도 몰랐다

　　　당신이 만든 침묵 위에 등을 대고 눕는다
　　　침묵 밖으로 발이 삐져나온다

　　　손등과 목뒤로 스미는 침묵의 감촉
　　　그 감촉은 나를 녹슨 칼날 위로 데려간다
　　　맨발의 나를 부르는 당신의 눈

나는 걸을 때마다 천천히 치명상을 입는다

(…)
내 안에 있을 때 당신은 액체다
(…)

당신을 흘려보낸 나는 어디를 통과하는 중일까
나 역시 태어나기 위해 죽어가는 중일까

반대편에서 만나
나는 흘러간 당신에게 약속한다

서로 다른 시간에 서 있더라도
관통해본 사람은 어디든 존재하는 법을 알게 될 테니

반대편에서 만나
아직 태어나지 않은 당신과 아직 죽지 않은 내가 할 수
있는
유일한 약속이다

—「반대편에서 만나」 부분

시는 '침묵'으로 존재하게 된 '당신'을 떠올리며 시작한

다. 먼저 직감되는 상황은 이별 혹은 상실이다. 종결부에서 화자의 다짐 혹은 믿음(약속)으로 인해 표면화되지는 않지만 분명 시의 이면에서 모종의 쓸쓸함이 감지된다. 이때 당신의 침묵이 단순한 변심이나 부재의 상징이라기보다 오히려 물성을 가진 무언가로 작동한다는 점이 흥미롭다. "침묵 위에 등을 대고 눕는다"와 같이 당신의 침묵은 내 몸과 접촉 가능한 배경이자 매개다. "천천히 치명상을 입는다"라는 구절이야말로 당신과의 접촉, 즉 당신의 침묵이라는 무형의 감각을 통해 내가 변형되고 침식되고 있음을 암시한다. 이것이 '나'의 신체적·심리적 고통만을 의미하지 않음은 물론이다. 당신의 부재는 지금 '나'의 몸에 구체적으로 새겨지며 침투하고 있고, "나 역시 태어나기 위해 죽어가는" 식으로 변이 중이다.

　이때 당신 역시 고정된 존재가 아니다. 당신은 "액체"로 묘사된다. 당신은 "흘러"가면서 '나'의 변이를 이끈다. 또한 당신을 흘려보내면서 '나' 역시 어딘가를 통과하는 중이다. 이 시에서 '나'와 당신은 하나의 시간 축에 존재한다기보다 각자의 시간 축과 물질적 리듬을 따라 운동하고 있음에도 서로의 흔적을 감각한다. 화자가 말하는 죽음은 다른 '태어남'의 조건, 곧 이행 혹은 변형의 전제다. 그러니 "반대편에서 만나"라는 말은 물리적 시공간 법칙을 초과한 얽힘의 원리를 확인시키는 쪽에 가깝다. "관통해본 사람은 어디든 존재하는 법을 알게 될 테니"라는 대목에서처럼, 실제로 우리

몸을 관통한 어떤 경험은 찰나일지라도(혹은 의식하지 못할지라도) 흔적을 남긴다. 그리고 언젠가 불현듯 다시 환기되기 마련이다. 그러니 "반대편에서 만나"라는 말은 단지 감정적 수습이나 실제 마주침에 대한 소망을 넘어 존재론적 얽힘을 환기하는 기약이자 다른 '태어남'의 조건을 강조한다. 이 서정은 익숙하지만 분명 통념적 '나'로 환원되지 않는다. 이 서정은 '나-너'를 관통한다. '나-너'는 발화의 주인이라기보다 그 매개자에 가깝게 여겨진다.

2. 이토록 구멍이 많은 몸, 장소가 아닌 운동

송정원 시에서 이러한 '나-너/당신/그'의 구도는 선조적 시간과 단일한 공간 속 개별자의 감정이나 심리적 차원으로만 환원되지 않는다. 서정시의 주체로서 '자아' '나'가 근대적 시공간 속 개별자의 내면과 그 진정성을 토대로 삼아왔다는 사실에 비추어볼 때 이 시집의 화자는 그러한 개별 주체로서의 '나'라기보다는 '나-너' '나-당신' '나-그' 식의 연결신체(assemblage)의 이미지를 연상시킨다. 이는 단지 어떤 존재가 개별적으로 절합하고 있다는 의미만은 아니며 또한 개별자의 총합을 의미하지도 않는다. 이 연결신체는 송정원의 시 속에서 서로 침투하여 만들어지는 몸을 통해 이해해야 한다. 앞서 적은 하이픈(-)은 바로 이 의미를 이미지화하기 위해 잠시 떠올린 부호일 따름이다.

"구멍이 많아서/물에 쉽게"(「수영장」) 뜨는 존재의 다공적(多空的) 이미지 없이 시집의 시상 전개를 제대로 감각하기란 어렵다. 이 다공성은 단순한 물리적 특징을 의미하지 않는다. 오랫동안 몸이란 외부와 구획되고 경계 지어진 것, 즉 자율적이고 독립적인 존재의 원리 속에서 상상되어왔다. 구멍 난 몸은 통상 우리의 불안을 자아내는 이미지로 여겨져왔다. 견고한 윤곽이 일그러지거나 훼손되거나 녹아내릴 때 우리는 기이함과 불안을 느낀다. (예컨대 아일랜드 화가 프랜시스 베이컨의 회화에서처럼) 인간의 신체와 얼굴이 일그러지고 움푹 파이는 작품 앞에서 우리는 살(flesh)로 전락하는 인간, 이른바 주체의 죽음 같은 것을 예감하며 불안해하곤 한다.

하지만 그렇기에 구멍 난 몸은 그러한 완고한 몸의 이념을 근본적으로 질문한다. 이 시집 속 몸들은 닫힌 경계가 아니라 투과 가능한 이미지에 가깝다. 물론 이것이 반드시 시인이 지향하는 바였다고 할 수만은 없다. 예컨대 「내게 맞는 옷」에서는 존재의 고유성이나 차이가 지워진 채 특정한 규격으로 환산되는 '나'에 대한 무력감이 강하게 엿보인다. 「불가능한 일」의 화자는 "내 안에 사는 것들은 대부분/공기 중에 있다 숨을 통해 들어온"다고 말하면서도 "내 안에서 태어"나는 무언가에 대한 믿음을 각별하게 발화하기도 한다. 우리는 자신을 초과하는 힘이 일종의 강제나 박탈로 여겨질 때 무력감에 빠진다. 거기에서 본래적 자기라고 여겨지는 상태를 갈망한다. 이때의 구멍 난 몸은 일견 단단치 못한 자신에 대한 자조나 자책의 대상이다.

일종의 자기동일성에 대한 강한 믿음을 포기하지 않는 한 우리는 스스로를 결코 이해할 수 없을 것이다. 어쩌면 우리는 늘 서로의 침투와 난입과 더불어 구성되어온 존재이다. 침투와 난입이 어떤 좋은 연결/관계를 이룬다 하더라도 그것은 본질적으로 폭력적이다. 그러나 강조컨대 이것은 우리 존재, 이 세계의 원리의 하나임도 부정할 수 없다. 즉 다공적 몸을 통해 만들어지는 연결신체는 존재의 고유성을 부정하는 것이 아니다. 오히려 그 고유성이 발현되는 순간의 미시적 복잡함을 증명한다. 한 화자는 말한다. "미립자는 내 안에 들어와 다른 시간의 미립자와 결합한다/우연과 충동에 의한 결합 에너지가 나를 벌린다"(「가수면」)고.

정말로 그러할 것이다. 만일 정지된 모든 것을 아주 충분히 느리게 지켜본다면 거기에는 필히 어떤 역동적 마술이 펼쳐지리라. '나'의 무수한 구멍에는 지금도 무수한 존재가 깃들며 '나'를 바꾸고 있다. 이 시들은 내내 "몸의 파인 곳"이 "다른 존재를 담을 수 있는"(「그곳은 그릇이 될 거야」) 그릇이 되리라 말하고 있다. 몸의 다공성과 움직임과 변화를 방법화하고 있다. 본래 존재하는 일이 결코 완고한 개체로서 가능하지 않다는 사실이 비로소 환기된 시대의 한복판을 이 시집은 증거하고 있다.

시들 속에서 테두리, 경계, 사이 혹은 물과 물이 합쳐지는 기수 지역, 호스텔, 어떤 뚜렷한 감각으로 귀속될 수 없는 꿈의 상태 같은 장소성이 두드러지는 것도 이러한 원리와 함께 생각해본다. "테두리에 사는 사람"(「테두리에 사는 사람」), 꽃이 활짝 피기 직전의 꽃받침에 마음을 두는 사람(「꽃받침의 불안」), "스몰과 미디엄 사이의 우주"를 궁금해하는 이(「내게 맞는 옷」), 이도 저도 아닌 경계에서의 흔들림을 아는 이(「기수 지역」)가 이 시집에 있다. 이들이 거하는 장소는 언뜻 자발적 망명자의 의지나 감상을 함축하는 듯 여겨진다.

하지만 반드시 그러한 원심력만으로 이 서정을 설명할 수는 없다. 예를 들어 꽃이 활짝 피기 직전의 꽃받침에 시선을 두는 마음이란 어떤 것일지 생각해보자. 그것은 어떤 명료한 정체로 가시화되기를 거절하는 마음만은 아니다. 오히려 어떤 결과로 발현되기 이전의 웅성거림만 감지되는 상태, 혹은 무언가가 막 움트기 직전의 주저함이나 망설임을 신경 쓰는 마음이다. 언어화될 수 없는, 무언가로 포착되거나 명명되기 이전의 상태가 바로 꽃받침을 바라보는 시선에 있다. 인간의 눈에는 그저 꽃이 피기 직전의 꽃받침으로만 보일 테지만 실은 그 정지된 듯한 장면에서 우리가 감각할 수 없는 무수한 미립자가 웅성거리며 그것을 틔우고 있는 중이다. 이러한 '꽃받침의 불안'을 이미지-서사화한 듯한 다음 대목도 잠시 보자.

맨 앞 칸도 마지막 칸도 보지 못했다
　내가 이곳에 도착했을 때 기차는 이미 통과 중이었고
지금도 계속 통과하고 있다
　시작도 끝도 전체도 볼 수 없는 나는 오직 기차의 일부
만을 본다
　아주 긴 통과
　현재에 도착하자마자 과거로 달아나는 미래
　운동하는 것의 불가해성
　눈은 멈출 생각이 없어 보인다

—「카비카 호스텔」 부분

폭설의 밤, 호스텔에 머무는 화자는 "철도 건널목 차단기
앞에서 기차가 지나가길" 기다리며 어둠을 응시한다. 아무
리 기다려도 기차의 마지막 칸은 도착하지 않고, 눈은 멈추
지 않는다. 호스텔의 어둠 역시 이 시집의 경계나 사이를 이
미지화한다. 기차는 멈추지 않고 계속 통과만 하고 있다. 화
자는 눈이 언제 그칠지 모르는 밤에 잠들지 않으려 애쓰고
있다. 하지만 그가 궁극적으로 알아차리는 것은 바로 "운동
하는 것의 불가해성"이다. 지금 이 호스텔은 단지 임시 거처
가 아니다. 마치 가수면 상태와 같은 혼곤의 지대를 연상시
킨다. 화자는 폭설과 선로에 가로막혀 있으나 그럼에도 이
세계는 내내 화자를 어딘가로 데려가고 있다.
　발이 묶여 오도 가도 못하는 이 상태는 길 잃은 자의 초조

함이나 좌절을 그린 듯도 하다. 어떤 비결정적인 위치에 있을 모든 존재의 불안감도 떠오른다. 하지만 달리 말하면 "이미 통과 중이었고 지금도 계속 통과하고 있"는 그 움직임의 상태를 기술하는 것이기도 하다. 화자는 운동하고 이행 중인 현재의 세계만을 오롯이 감각하는 듯 보인다. 내가 감각할 수 있는 것은 나의 의지와 무관한 어떤 움직임뿐이다. 이처럼 끊임없는 움직임이 곧 세계라면 사실 세상 모든 존재는 늘 어떤 경계, 사이를 통과하는 중 아닌가. 그러하니 여기에서 언뜻 이방인이나 망명자의 감상만 읽는 것은 다소 관성적이다. 오히려 이 시의 반짝임은 내가 감각할 수 없을지라도 나를 움직이고 살아 있게 하는 세계의 이치, 일종의 잠재성의 지대를 이미지-서사화하는 데에 있다.

3. 사라지는 얼음, 불멸의 말

꿈속에 자주 등장하는 아이들에 대해서도 잠시 생각해본다. "흙에는 지금까지 죽은 모든 여자가 있고/연필의 몸은 그들의 품에서 자랐지/그러니 연필을 꼭 쥐는 것은/그들과 한꺼번에 포옹하는 방법"이라고 말하는 화자도 떠올려본다. 저 "연필"에 담겼을 무수한 "여자" "그들"의 "기억"은 이 시집 속 무수한 "나를 닮은 아이"(「여름, 여름 아이」)들과 무관치 않다. 화자의 유년으로 짐작되는 그들은 대개 무력감이

나 공포, 도망가고 싶은 마음을 드러낸다. 화자들은 소중했던 존재를 둘러싼 불가항력적 폭력과 상처(「기도하는 소녀」), 무언가를 강요/통제당하던 억압(「샤론 피아노학원」)을 떠올린다. 하지만 기억이 악몽의 형태로 발현되는 이 시들은 단순히 심리적 상흔만을 의미하지 않는다. 예를 들어 기억을 변주하여 이미지-서사화하는 시 「명진탕」을 생각해본다.

「명진탕」에는 ‘명진탕’이라는 목욕탕을 둘러싼 한 아이의 유년 시절 기억이 그려진다. 독특한 점은 하나의 원본 경험에 대한 여러 기억이 마치 복제본처럼 서사화되어 있다는 것이다. 원본에 해당하는 경험이 무엇인지는 정확히 알 수 없다. 하지만 화자가 진술하는 경험은 조금씩 변주되며 점층적으로 핵심에 다가간다. 확실한 것은 어른들의 세계의 무심함과 불가항력적 폭력, 보호받지 못하는 여자아이의 끔찍한 공포와 무력감, 그리고 이와 대비하여 너무도 이질적으로 천진한 아이들의 세계이다. 특정 세대, 특정 젠더의 유년 풍경이라고도 할 수 있을 이 장면들은 “지금까지 죽은 모든 여자”의 지난 기억이 아닐 리 없다. 하지만 이 아이들은 단지 어떤 기원이라기보다 특정 사회적·세대적 맥락이 스며든 구체적 물질성을 체현하며 계속 변이해 지금의 화자를 만들었다. 또다른 시의 화자는 이렇게 말하기도 했다. “사건도 이유도 결말도 사라진 채 느낌만 남은 이야기들/나의 몸으로 들어와 나의 자세를 만든 말들”(「화해」, 강조는 인용자)이라고.

즉, 이 시들 속 기억은 단지 심리적이거나 정신적인 작용

이 아니다. 이 시들은 상처를 되짚으며 그것을 치유하고 자기를 회복하는 것에 머물지 않는다. 이 기억은 차라리 운동-존재론적이다. 유년의 장면들을 기억하는 화자는 이러한 회상/꿈의 과정을 거치며 더는 스스로의 "장례식을 상상하지 않는"(「화해」)다. '나'는 끊임없이 죽어가며 태어나는 중이라는 이 운동-존재론은 시집을 관통하고 있고, 더없이 시대 정합적이다. '말과 세계' 사이의 불일치 혹은 어긋남이라는 운명을 사유할 실마리 역시 여기에서 강하게 얻게 된다.

세계를 끊임없는 흐름(flow)과 운동(motion)으로 보고자 하는 사유도 이제는 낯설지 않다. 갱신되는 기술은 세계의 숨겨진 움직임이나 과정을 드러내 보여주며 우리의 감각 역시 갱신하고 있다. 하지만 0과 1의 이진법이 구현하는 기술과 그로부터 가시화된 운동의 장면들에는 종종 많은 것이 누락된다. 또는 세계의 우발성을 자꾸 어떤 회로로 수렴하고자 하는 구심력(단적으로 알고리즘)도 점점 강해지는 시대인 듯하다. 그런데 이 시집은 그것과 비슷하면서도 다른 벡터를 지닌다. 기술이 가시화하는 숨겨진 운동성이 오히려 누락하는 또다른 운동성이 내내 시들을 통해 환기된다. 그리고 이것이 곧 이 시집을 '말과 세계'의 관계 속에서 읽을 충분한 동기가 된다. 다음 시가 지금까지의 맥락을 직관적으로 확인해줄 것 같다.

그해 여름에는 매일 둥근 얼음 틀에 물을 얼렸다

얼음 공을 손바닥에 올려놓으면 어느 틈에 고양이가 나
타나 할짝거렸다
  십오초 이상 들고 있기는 힘들었다

  그해 여름에는 말하려는 것이 말해지지 않았다
  혀를 움직일 때마다 무언가가 훼손되고 있다는 느낌을
지울 수 없었다

  (…)

  그해 여름에는 잃기 쉽고 생기기 쉽고 꺼지기 쉽고 솟
기 쉬웠다
  얼음을 물고 매일 사랑을 다짐해야 했다

  (…)

  얼음은 얼음에서
  나는 나에게서
  자주 멀어졌다

—「그해 여름 얼음」 부분

  이 시의 '얼음'은 시상을 전개하는 감각적 대상이기도 하
지만 어떤 '존재' '사건' 등의 은유이기도 하다. 화자는 물을

얼음으로 결빙하여 지탱하고자 애쓰지만 그것은 형체를 잃어간다. 고양이의 할짝거림, 시간, 빛 등에 의해 얼음은 속수무책 녹아간다. 가둘 수 없고 지속시킬 수 없는, 끊임없이 다른 상태로 이행하는 것이 얼음뿐일까. '나' 역시 '나'로부터 멀어진다. '나'라고 말해지는 존재 역시 내내 그 자리에 그 상태로 있지 않고 변이 중이다. "나는 나에게서/자주 멀어졌다"는 대목이 품고 있을 양가적인 감정은 바로 앞서 내내 이야기한 바다. 그런데 이것은 또한 말과 세계의 늘 어긋날 수밖에 없는 운명에 대한 양가적 감정일 수도 있다.

예컨대 말은 붙잡는다. 물을 얼려 얼음으로 만드는 것처럼 말은 가두고 때로 흉내 낸다. 말은 얼음을 흉내 내고 진짜 얼음처럼 굴기도 한다. 하지만 그것이 진짜 얼음일 수는 없고 단지 얼음이었던 어떤 감각을 재현하는 데 그친다. 얼음이 녹듯 말도 녹는다. 세계와 타자에 의해 계속 해체되거나 변화한다. 얼음이 물로 이행하듯 말도 그 본래적 감각, 진심, 시작점으로부터 멀어진다. 말은 그저 무언가의 흔적일 뿐이다.

그렇다면 시인은 어쩌면 물을 얼려 얼음을 만드는 사람이다. 말을 통해 어떤 감각을 맹렬히 붙들어보려고 한다. 이 맹렬함은 곧 "사랑"의 다른 이름인지 모른다. 화자는 "얼음을 물고 매일 사랑을 다짐해야 했다"고 말한다. 사라질 얼음을 물고 내내 "사랑을 다짐"하는 마음은 어쩌면 맹렬한 의지이자 선언이다. 그렇다면 이 시의 얼음은 어쩌면 사랑을 붙드는 시인의 방식이다. 일시적이나마 감각의 덩어리로, 또한 언어의 형태로 응고될지라도 "사랑"이, 그 지난한 반복이 결코 무용치 않음을 화자는 말한다. 말은 직접 감각되는 세계보다 늘 허약하다. 그런데 바로 그 이유 때문에 말은 불멸하리라는 역설을 화자의 저 다짐이 확인시키는 것이다.

얼음을 물고 사랑을 다짐하는 이 행위는 세계와 말의 본래적 역학 관계를 뒤집는다. 실패라고 여겨지는 행위로 인해 계속될 다짐과 마음이 오히려 실패가 아닐 조건이 된다. 얼음을 물고 사랑을 다짐하는 이 장면은 어쩌면 이 시집 전체의 가장 중요한 한 컷이다. 이름 없는 세상의 모든 감정, 존재, 사건, 운동에 "그래도"라는 이름을 지어주고자 하는 마음(「그래도의 마음」)이야말로 연결신체로서의 이 시집과 시인의 마음일 것이다. 세계가 그러하듯 말은 사라지고 감각은 변형되지만, 그 속에서 반복적으로 다짐하는 사랑은 내내 움직이며 지속될 것이므로 말은 결코 허약하지 않다. 이때 "반대편에서 만나"라는 말도 또다른 의미에서 전혀 쓸쓸하지 않다. 반복건대 이것이 세상의 방식이며, 화자의 의지이며, 말의 운명이리라.

이제는 조심스러운 췌사 없이 말할 수 있을 것 같다. '보이지 않게 움직이며 변이하는 세계를 미세하게 감각하고, 사라짐과 멀어짐을 다른 마주침으로 발명하며, 사라질 얼음을 물고 매일 다시 사랑을 말하는 나-너들의 이야기'가 바로 송정원의 첫 시집 『반대편에서 만나』라고 말이다.

金美晶 | 문학평론가

직선으로 나아가지 않는 여자들을 안다

초록을 밟을까봐 곡선을 그리며 걷는
낮고 작은 것을 들여다보기 위해 자주 멈춰 앉는

직선의 시간 속에 살지 않는 여자들을 안다

유령과 함께 사는
심장에 세워진 비석을 매일 닦는

직선으로 말하지 않는 여자들을 안다

잘 지내지? 무심히 묻지 않는
진실이라 불리는 것에서 힘껏 멀어지려는

그런 여자들을 안다

당신들이 없었다면 듣지 못했을 세계

듣는 법을, 다시 말해
사랑하는 법을 가르쳐주셔서
고맙습니다

2025년 여름
송정원

창비시선 520

반대편에서 만나

초판 1쇄 발행/2025년 7월 10일

지은이/송정원
펴낸이/염종선
책임편집/곽주현 박문수
조판/황숙화
펴낸곳/(주)창비
등록/1986년 8월 5일 제85호
주소/10881 경기도 파주시 회동길 184
전화/031-955-3333
팩시밀리/영업 031-955-3399 편집 031-955-3400
홈페이지/www.changbi.com
전자우편/lit@changbi.com

ⓒ 송정원 2025
ISBN 978-89-364-2520-3 03810

* 이 책은 서울특별시, 서울문화재단 '2025년 첫 책 발간지원 사업'의
  지원을 받아 발간되었습니다.